STEFAN ZWEIG

Stefan Zweig, né en 1881 en Autriche et mort en 1942 au Brésil, est un écrivain, dramaturge, journaliste et biographe autrichien. Après une enfance dans une famille bourgeoise de fabricants de tissus, il s'inscrit à l'université en philosophie et histoire de la littérature. En parallèle, il compose plusieurs poèmes, ainsi que de courts récits. Révolté par les horreurs de la guerre, Zweig milite pour un pacifisme actif. Polyglotte accompli, il a traduit en allemand de nombreuses œuvres de Baudelaire, Rimbaud, Verlaine ou encore Keats. Il devient célèbre après la parution de sa nouvelle *Amok*, en 1922. Par la suite, il rédige plusieurs biographies, dont celles de Fouché, Marie-Antoinette et Balzac. Après l'arrivée au pouvoir de Hitler en 1933, Zweig décide de quitter l'Autriche pour se réfugier à Londres, puis à New York et enfin au Brésil, où il met fin à ses jours, ne supportant plus d'assister sans recours à l'agonie d'un monde dévasté par la Seconde Guerre mondiale. Zweig est resté célèbre pour ses biographies d'une grande acuité psychologique et pour ses nouvelles, notamment *Lettre d'une inconnue* (1922), *La Confusion des sentiments* (1926), *Vingt-quatre heures de la vie d'une femme* (1927) ou encore *Le Joueur d'échecs* (publiée à titre posthume).

ALAIN-FOURNIER
- *Le Grand Meaulnes*
ANTHOLOGIE
- *Des troubadours à Apollinaire*
APOLLINAIRE
- *Alcools* suivis de *Calligrammes*
BALZAC
- *Le Colonel Chabert*
BAUDELAIRE
- *Les Fleurs du mal*
LYMAN FRANK BAUM
- *Le Magicien d'Oz*
BEAUMARCHAIS
- *Le Barbier de Séville*
- *Le Mariage de Figaro*
BRONTÉ
- *Jane Eyre*
CARROLL
- *Alice au pays des merveilles*
CORNEILLE
- *L'Illusion comique*
- *Le Cid*
DAUDET
- *Lettres de mon moulin*
DIDEROT
- *Supplément au Voyage de Bougainville*
- *La Religieuse*
DUMAS
- *Les Borgia*
- *Les Trois Mousquetaires*
FITZGERALD
- *L'Étrange histoire de Benjamin Button*
- *Gatsby*
FLAUBERT
- *Madame Bovary*
- *Trois Contes*
GRIMM
- *Raiponce et autres contes*
- *Blanche-Neige et autres contes*
HUGO
- *Claude Gueux*
- *L'Homme qui rit*
- *Le Dernier Jour d'un condamné*
- *Les Misérables*
- *Lucrèce Borgia*
- *Ruy Blas*
LA BRUYÈRE
- *De la cour Des grands* suivi de *Du souverain ou de la république*
LACLOS
- *Amour, liaisons et libertinage*
LA FAYETTE
- *La Princesse de Montpensier*
LA FONTAINE
- *Fables* (choix de fables)
- *Fables* livres I à VI

MARIVAUX
- *L'Île des esclaves* suivie de *La Colonie*
- *Le Jeu de l'amour et du hasard*
MAUPASSANT
- *Bel Ami*
- *Boule de Suif* suivie de *Mademoiselle Fifi*
- *Le Horla et autres nouvelles fantastiques*
- *Pierre et Jean*
MÉRIMÉE
- *Carmen*
- *La Vénus d'Ille* suivie de *Djoumâne* et *Les Sorcières espagnoles*
MOLIÈRE
- *Dom Juan*
- *L'Avare*
- *L'École des femmes*
- *Le Médecin malgré lui*
- *Le Médecin volant* suivi de *L'Amour médecin*
- *Le Sicilien ou l'amour peintre*
- *Les Fourberies de Scapin*
MUSSET
- *On ne badine pas avec l'amour*
- *La Confession d'un enfant du siècle*
PERGAUD
- *La Guerre des boutons*
PERRAULT
- *Le Petit Chaperon rouge et autres contes*
RACINE
- *Phèdre*
RIMBAUD
- *Illuminations*
ROSTAND
- *Cyrano de Bergerac*
ROUSSEAU
- *Les Confessions* livres I à IV
SHAKESPEARE
- *Roméo et Juliette*
TOLSTOÏ
- *Anna Karénine*
VERLAINE
- *Jadis et Naguère*
VOLTAIRE
- *Candide*
- *L'Ingénu*
- *Zadig* suivi de *Micromégas*
ZOLA
- *Thérèse Raquin*
STEFAN ZWEIG
- *Lettre d'une inconnue* suivie du *Joueur d'échecs*
- *Vingt-Quatre Heures de la vie d'une femme* suivies du *Voyage dans le passé*

VINGT-QUATRE HEURES DE LA VIE D'UNE FEMME

&

LE VOYAGE DANS LE PASSÉ

DU MÊME AUTEUR
CHEZ POCKET

DANS LA COLLECTION « CLASSIQUES »

LETTRE D'UNE INCONNUE
&
LE JOUEUR D'ÉCHECS

VINGT-QUATRE HEURES DE LA VIE D'UNE
FEMME
&
LE VOYAGE DANS LE PASSÉ

STEFAN ZWEIG

VINGT-QUATRE HEURES DE LA VIE D'UNE FEMME

&

LE VOYAGE DANS LE PASSÉ

*Nouvelle traduction de l'allemand
par Pierre Malherbet*

Titre original :
VIERUNDZWANZIG STUNDEN AUS DEM LEBEN EINER FRAU
DIE REISE IN DIE VERGANGENHEIT

MIXTE
Papier issu de
sources responsables
FSC® C003309

Pocket, une marque d'Univers Poche,
est un éditeur qui s'engage pour la
préservation de son environnement et
qui utilise du papier fabriqué à partir
de bois provenant de forêts gérées de
manière responsable.

© 2014, Pocket, un département d'Univers Poche,
pour la traduction française
ISBN : 978-2-266-24289-9

SOMMAIRE

Vingt-quatre heures de la vie d'une femme

Dans la petite pension de la Riviera où, jadis, je logeais, dix ans avant la guerre, une violente discussion avait éclaté à notre table ; de manière imprévisible, elle menaçait de dégénérer en une brutale querelle, voire même en animosité et en insultes. La plupart des gens n'ont qu'une piètre imagination. Ce qui ne les touche pas directement, ce qui ne fend pas leurs sens à la manière d'un coin pointu, ne semble qu'à peine les émouvoir ; mais qu'un jour, juste sous leurs yeux, à proximité directe de leur sens, se passe une chose insignifiante, alors cela éveille en eux une passion infinie. Ils pallient ainsi la rareté de leurs engagements par une véhémence inconvenante et démesurée.

C'est précisément ce qu'il se passait à notre tablée parfaitement bourgeoise, qui avait sinon pour habitude de se laisser aller à des *small talks* et autres petites badineries légères, et qui, après le repas, se dispersait : le couple allemand pour pérégriner et faire des photographies d'amateurs, le Danois corpulent pour s'ennuyer à la pêche, l'élégante dame anglaise retournait à ses livres, le couple italien partait en escapade pour Monte-Carlo et, moi-même, j'allais paresser dans une chaise de jardin ou travailler. Cette fois cependant, nous sommes tous restés ensemble, happés par cette discussion passionnée ;

et lorsqu'un de nous bondissait soudain, ce n'était pas, comme à l'accoutumée, pour se retirer poliment, mais sous le coup d'une virulente exaspération qui, ainsi que je l'ai déjà expliqué, revêtait les formes d'une brutale querelle.

L'événement qui avait agité à ce point notre petite tablée était assez singulier. La pension où nous logions tous les sept donnait extérieurement l'aspect d'une villa à part – ah ! comme la vue depuis les fenêtres sur la plage clairsemée de rochers était merveilleuse ! –, mais elle n'était rien d'autre que la dépendance moins onéreuse du grand palace auquel elle était rattachée par le jardin, de sorte que nous autres, les pensionnaires d'à côté, côtoyions constamment les hôtes du palace. La veille, cet hôtel avait été le théâtre d'un parfait scandale. Par le train de 12 h 20 (je peux indiquer cet horaire avec une grande exactitude parce qu'il est important, tant pour cet épisode que pour le sujet de cette véhémente discussion) est arrivé un jeune Français qui a loué une chambre côté plage avec vue sur la mer : ça indiquait une certaine aisance financière. On ne le remarquait pas tant par son élégance discrète que par sa beauté extraordinaire et en tout point avenante : au milieu d'un fin visage de jeune fille, une moustache de soie blonde flattait ses lèvres à la chaude sensualité, des cheveux bruns et ondulés tombaient en boucles au-dessus de son front pâle, des yeux tendres au regard caressant – tout en son être était doux, cajoleur, aimant, dépourvu d'artifices et de manières. De loin, il faisait tout d'abord penser à ces mannequins de cire rose, qui posent coquettement dans les vitrines des grands magasins de mode où ils incarnent, la canne à la main, l'idéal de la beauté masculine, mais toute impression vaniteuse disparaissait lorsqu'on s'approchait davantage ; chez lui (chose rare !) l'amabilité était de naissance, il la portait sur lui. Il saluait chacun en passant, d'une manière à la fois modeste et chaleureuse, et il était du plus agréable d'observer comment sa grâce toujours favorablement disposée se manifestait sans façon en toute occasion. Il se hâtait, lorsqu'une dame se rendait à la garde-robe, pour aller chercher son manteau, gratifiait chaque enfant d'un regard amical ou d'une plaisanterie, avait une attitude à la fois agréable et discrète – bref, il semblait une de ces personnes bénies, consciente d'être agréable aux autres par son visage rayonnant et son charme juvénile, qui métamorphosent d'autant plus cette assurance en grâces. Parmi les hôtes bien souvent âgés et souffrants de l'hôtel, sa présence agissait comme un bienfait, et chaque pas triomphant de sa jeunesse, chaque souffle de légèreté et de joie de vivre, comme la grâce en gratifie si bien certains hommes, l'avaient irrésistiblement fait prendre en sympathie par tous. Deux heures après son arrivée, il jouait déjà au tennis avec les deux filles du large et pesant industriel de Lyon, Annette, douze ans, et Blanche, treize ans, tandis que leur mère, la fine, délicate et si réservée madame Henriette, regardait en souriant doucement avec quelle innocente coquetterie ses deux petites filles inexpérimentées flirtaient avec le jeune étranger. Le soir venu, il nous regarda jouer aux échecs, nous raconta, sans la moindre insistance, quelques gentilles anecdotes, se retira sur la terrasse, assez longtemps, avec madame Henriette dont l'époux, comme à son habitude, jouait aux dominos avec un ami d'affaires ; tard le soir, je l'ai observé avec la secrétaire de l'hôtel, dans l'ombre du bureau, au cours d'une discussion suspecte d'intimité. Le lendemain matin, il accompagna mon partenaire danois à la pêche, y montra des connaissances étonnantes, s'entretint ensuite longuement de politique avec l'industriel de Lyon, à l'occasion de quoi il se montra interlocuteur de premier choix, puisque le rire sonore du gros homme couvrait le bruit du ressac. Après le déjeuner – il est absolument nécessaire pour la compréhension de la situation que je rapporte avec exactitude toutes les phases de son emploi du temps – il a pris un café noir dans le jardin, pendant une heure, en tête à tête avec madame Henriette, de nouveau joué au tennis avec ses filles, et conversé avec le couple allemand dans le hall. À six heures, je l'ai rencontré à la gare alors que j'allai poster une lettre. Il est venu à moi avec empressement pour m'expliquer, comme s'il devait s'en excuser, qu'on l'avait appelé subitement, mais qu'il reviendrait dans deux jours. En effet, le soir il n'était pas dans la salle à manger, physiquement tout du moins parce qu'à toutes les tables on ne parlait que de lui et on vantait ses manières agréables et enjouées.

La nuit, il devait être onze heures, j'étais assis dans ma chambre où j'achevais la lecture d'un livre lorsque soudain j'ai entendu par la fenêtre ouverte des cris et des appels inquiets dans le jardin, qui trahissaient une agitation manifeste dans l'hôtel, de l'autre côté. Plus soucieux que curieux, j'ai aussitôt parcouru à la hâte les cinquante pas qui m'en séparaient, et j'y ai trouvé les hôtes et le personnel en proie à une excitation frénétique. Madame Henriette n'était pas revenue de la promenade du soir qu'elle faisait sur la terrasse de la plage tandis que son époux, avec une ponctualité coutumière, jouait aux dominos avec son ami de Namur ; on craignait alors un accident. À la manière d'un taureau, l'homme, habituellement d'une lourdeur si pesante, ne cessait de courir vers la plage, et, lorsqu'il criait dans la nuit « Henriette ! Henriette ! » de sa voix déformée par l'excitation, alors ce son rappelait l'effroi primitif d'un grand animal frappé à mort. Serveurs et boys, excités, se précipitaient en bas des escaliers, puis en haut, on réveilla tous les hôtes et téléphona à la gendarmerie.

Mais au milieu de ce tapage, ce gros homme à la veste ouverte ne cessait de trébucher et de marcher lourdement, sanglotant et hurlant dans la nuit, d'une manière insensée, « Henriette ! Henriette ! ». Entretemps, les enfants s'étaient réveillés à l'étage et, en habits de nuit, appelaient leur mère depuis leur fenêtre – alors le père se pressa de monter les rejoindre pour les calmer.

Puis il s'est passé une chose si effrayante, qu'on peut à peine la raconter, car la nature, violemment tendue en ces moments d'excès, confère souvent à l'attitude de l'homme une expression si tragique que ni l'image ni le mot ne peuvent rendre compte de sa puissance foudroyante. Soudain, cet homme lourd et large descendit les marches de l'escalier, qui craquait ; il arborait une mine déformée, exténuée et pourtant courroucée. Il tenait une lettre. « Rappelez tout le monde ! » dit-il d'une voix tout juste intelligible au chef du personnel. « Rappelez tout le monde, ce n'est plus nécessaire. Ma femme m'a quitté. »

Il y avait de la tenue dans la façon de cet homme frappé à mort, une tenue d'une tension surhumaine devant tous ces gens qui l'entouraient, qui se serraient, pleins de curiosité, le regardaient et qui, soudain, se détournèrent de lui, chacun étant effrayé, honteux, déconcerté. Il lui restait tout juste assez de force pour passer devant nous sans nous gratifier du moindre regard et se rendre dans la salle de lecture où il éteignit la lumière ; puis on entendit son corps lourd et massif tomber sourdement dans un fauteuil, on entendit un sanglot sauvage et animal, comme seul peut pleurer un homme qui n'a jamais pleuré. Et cette douleur primitive exerçait sur nous, y compris sur le plus misérable, une manière de violence assommante. Aucun des serveurs, aucun des hôtes accourus par curiosité n'osait un sourire ou même un mot de compassion. Muets, comme honteux devant cette fracassante explosion de sentiment, nous nous sommes coulés l'un après l'autre dans nos chambres, et, dans la pièce sombre, ce morceau d'homme abattu tressaillait et sanglotait, abandonné à lui-même en cette maison qui lentement s'obscurcissait, chuchotait, murmurait, bruissait doucement et bourdonnait.

On comprendra qu'un événement aussi brutal que la foudre, qui s'était passé juste sous nos yeux et nos sens, fût si enclin à émouvoir puissamment des gens routiniers, se laissant d'habitude aller à l'ennui et à d'insouciants passe-temps. Mais si cette discussion, qui éclata ensuite à notre table avec tant de véhémence et non loin de s'aggraver en voie de fait, prenait cet étonnant événement comme point de départ, elle était davantage un débat de fond, l'opposition colérique et irréconciliable de conceptions de la vie. Grâce à l'indiscrétion d'une femme de chambre ayant lu la lettre – l'époux, totalement effondré intérieurement, l'ayant froissée et jetée quelque part sur le sol dans une fureur impuissante –, on avait su très rapidement que madame Henriette n'était pas partie seule, mais en compagnie du jeune Français (pour lequel la sympathie de la plupart commença à disparaître). Bien entendu, on aurait pu comprendre au premier coup d'œil que cette petite Mme Bovary eût échangé son époux corpulent et provincial pour un charmant jeune homme. Mais ce qui excitait tant les gens de la maison était le fait que ni l'industriel ni ses filles, ni même madame Henriette, n'avaient jamais vu ce Lovelace précédemment, que cette discussion de deux heures, un soir sur la terrasse, ainsi que ce café noir d'une heure dans le jardin devaient alors avoir suffi à pousser une femme irréprochable de trente-trois ans à quitter en une nuit son époux et ses deux enfants pour suivre au petit bonheur un jeune élégant parfaitement étranger. Notre tablée considérait

16

unanimement ces faits flagrants comme une perfide duperie et une manœuvre astucieuse des amants : bien sûr que madame Henriette entretenait depuis longtemps une relation secrète avec le jeune homme et que ce charmeur de rats n'était venu ici que pour fixer les derniers détails de leur fugue. En effet – ils continuèrent ainsi – il était complètement inconcevable qu'une femme convenable, après avoir fait connaissance pendant deux heures seulement, ne partît au premier sifflement. Néanmoins, je prenais plaisir d'être d'un autre avis et je défendais énergiquement la possibilité, disons même la probabilité, qu'une épouse dont le mariage, pendant des années, avait été décevant et ennuyeux, fût intérieurement disposée à d'énergiques assauts. À cause de mon opposition inattendue, la discussion est vite devenue générale et enflammée, d'autant plus que les deux couples, l'allemand aussi bien que l'italien, refusaient avec un mépris parfaitement offensant l'existence du coup de foudre[1], qui passait à leurs yeux pour folie et exubérance romanesque.

Mais il n'y a rien d'intéressant à ressasser ici, dans ses moindres détails, le déroulement orageux d'une querelle survenue entre soupe et pudding : seuls les professionnels de la table d'hôte[2] savent faire de l'esprit, et les arguments auxquels on recourt dans la fougue d'une hasardeuse dispute de table sont la plupart du temps banals, puisque ramassés à la hâte, au petit bonheur, de la main gauche. Il n'est pas plus aisé d'expliquer pourquoi notre discussion a si rapidement pris des formes offensantes ; l'irritation, je crois, naquit du fait que les deux époux, malgré eux, croyaient savoir que leurs propres femmes étaient préservées de la possibilité de tels abîmes et de tels périls. Malheureusement, ils ne trouvèrent rien de plus pertinent

1. En français dans le texte. *(Toutes les notes sont du traducteur)*
2. *Idem.*

à m'objecter que seul pouvait parler ainsi quelqu'un qui juge la psyché féminine d'après les conquêtes fortuites et trop faciles d'un célibataire : ça m'agaça quelque peu et lorsque la dame allemande passa sur cette leçon une pommade pontifiante, affirmant qu'il y avait d'une part les vraies femmes et de l'autre les « natures de tapineuses », auxquelles devait selon elle appartenir madame Henriette, toute patience m'a abandonné et, à mon tour, je suis devenu agressif. Toute cette négation du fait manifeste qu'une femme, à certaines heures de sa vie, pût être livrée à des forces mystérieuses, par-delà sa volonté et sa connaissance, ne ferait que dissimuler, selon moi, la crainte de son propre instinct, du démoniaque de notre nature, et il me semblait que bien des personnes prenaient plaisir à se sentir plus fortes, plus morales et plus pures que les « filles facilement corruptibles ». Je trouvais personnellement plus honnête qu'une femme suivît librement son instinct et sa passion plutôt que, comme c'est ordinairement le cas, de tromper son mari dans ses bras, les yeux clos. Voilà à peu près ce que j'ai dit, et plus les autres accablaient cette pauvre madame Henriette au cours d'une discussion devenue virulente, plus passionnément je la défendais (en vérité, bien au-delà de ma propre conviction). Cet enthousiasme passait pour une fanfaronnade – comme on dit dans la langue des étudiants – aux yeux des deux couples, et ce quatuor peu harmonieux, mais solidaire, m'est tombé si farouchement dessus que le vieux Danois à la mine joviale, assis tel un arbitre lors d'un match de football, le chronomètre à la main, devait de temps à autre tapoter de ses doigts sur la table pour nous rappeler à l'ordre : « *Gentlemen, please.* » Mais ça ne fonctionnait qu'un court instant. À trois reprises déjà, l'un des hommes avait bondi de table, le visage écarlate, et n'avait été que péniblement calmé par son épouse – bref, une dizaine de minutes encore et on en serait venu aux mains si, subitement, Mrs C. n'avait apaisé les vagues écumantes de notre discussion à la manière d'une nappe d'huile.

Mrs C., la vieille Anglaise distinguée aux cheveux blancs, s'imposait comme présidente d'honneur de notre table. Assise bien droite à sa place, témoignant une amabilité toujours égale à chacun, taciturne mais dont les propos étaient des plus agréables à écouter, son physique seul offrait un spectacle bienfaisant : un flegme et un calme superbes rayonnaient de sa personne à l'aristocratique retenue. Elle se tenait éloignée de chacun jusqu'à un certain point, bien qu'elle sût manifester à tous, d'un tact raffiné, une certaine sympathie : le plus clair du temps, elle était assise au jardin avec des livres, parfois elle jouait du piano, on la voyait rarement en société ou prise dans une intense discussion. On la remarquait à peine et, pourtant, elle exerçait sur nous tous un pouvoir singulier. Ainsi, sitôt prit-elle part à notre discussion, que nous avons ressenti unanimement le pénible sentiment d'avoir été bien trop bruyants et irraisonnés.

Mrs C. avait profité de l'interruption fâcheuse provoquée par le brusque bond du monsieur allemand, avant qu'il fût ramené à s'asseoir avec précaution. Inopinément, elle leva ses yeux gris clairs, me regarda un moment, indécise, pour enfin s'approprier le sujet de la discussion avec une quasi-précision d'experte.

« Vous pensez donc, si je vous ai bien compris, que madame Henriette, qu'une femme, puisse avoir été innocemment entraînée dans une soudaine aventure, qu'il y a des actes qu'une telle femme aurait tenus pour impossible une heure auparavant et dont elle ne peut être considérée comme responsable ?

— J'y crois absolument, chère madame.

— Alors tout jugement moral serait insensé et toute entorse à la morale, justifiée. Si vous acceptez

19

vraiment que le crime passionnel[1], comme le nomment les Français, n'est pas un crime, à quoi bon une justice d'État ? Il n'est pas besoin de beaucoup de bonne volonté – et vous en avez étonnamment beaucoup », poursuivit-elle avec un léger sourire, « pour voir de la passion dans chaque crime et l'excuser alors du fait de cette passion. »

Le ton clair et presque enjoué de ses paroles me fit le plus grand bien et, imitant malgré moi sa façon objective, je répondis mi-plaisant, mi-sérieux :

« La justice d'État décide sans nul doute de ces choses plus sévèrement que moi ; il lui incombe le devoir de protéger sans pitié les mœurs et conventions générales : ça l'astreint à condamner plutôt qu'à excuser. Quant à moi, en tant que personne privée, je ne vois pas pourquoi je devrais endosser le rôle du ministère public : je préfère être avocat de la défense. D'un point de vue personnel, ça me procure plus de joie de comprendre les gens, plutôt que de les condamner. »

Mrs C. me regarda un moment, bien droite, de ses yeux gris clair, puis hésita. Déjà, je craignais qu'elle ne m'eût pas bien compris, et me préparais alors à lui répéter mes propos en anglais. Mais empreinte d'une singulière gravité, comme lors d'un examen, elle continua de poser ses questions.

« Ne trouvez-vous pas abject ou détestable qu'une femme quitte son époux et ses deux enfants pour suivre le premier venu, dont elle ne peut encore aucunement savoir s'il est à la hauteur de son amour ? Pouvez-vous réellement excuser une conduite si imprudente et frivole chez une femme qui, tout de même, ne compte plus parmi les plus jeunes et qui devrait avoir de l'amour-propre, ne serait-ce que pour ses enfants ?

1. *Idem.*

— Je vous le répète, chère madame, persistai-je, que je me refuse dans ce cas à juger ou condamner. Je peux facilement admettre devant vous que j'ai un peu exagéré tout à l'heure – cette pauvre madame Henriette n'est certainement pas une héroïne, même pas une nature aventureuse et rien moins qu'une grande amoureuse[1]. Elle me semble, autant que je la connaisse, n'être qu'une femme ordinaire et faible pour laquelle j'ai un peu de respect, parce qu'elle a suivi sa volonté avec courage, mais surtout de la compassion parce que demain, certainement, si ce n'est aujourd'hui, elle sera profondément malheureuse. Elle a peut-être agi bêtement, sans aucun doute précipitamment, mais en aucun cas vilement et méchamment, et maintenant comme auparavant, je conteste à quiconque le droit de mépriser cette pauvre et malheureuse femme.

— Et vous-même, avez-vous encore le même respect et la même estime pour elle ? Ne faites-vous aucune différence entre la femme respectable avec qui vous étiez avant-hier et celle qui s'est enfuie hier avec un parfait étranger ?

— Absolument aucune. Pas la plus petite, pas la moindre.

— *Is that so ?* »

Malgré elle, elle parla anglais : toute la discussion semblait l'occuper étrangement. Et après un court instant de réflexion, elle leva son regard sur moi, de nouveau interrogateur.

« Et si vous rencontriez demain madame Henriette, à Nice, par exemple, au bras de ce jeune homme, la salueriez-vous encore ?

— Naturellement.

— Et vous lui parleriez ?

1. *Idem.*

— Naturellement.

— Est-ce que vous – si vous… si vous étiez marié, présenteriez une telle femme à la vôtre, comme s'il ne s'était rien passé ?

— Naturellement.

— *Would you really ?* » dit-elle de nouveau en anglais, son visage empreint d'un étonnement incrédule, stupéfait.

« *Surely I would* », répondis-je à mon tour inconsciemment en anglais.

Mrs C. se tut. Elle semblait toujours réfléchir intensément et, soudain, elle dit, me regardant, étonnée de sa propre hardiesse : « *I don't know, if I would. Perhaps I might do it also.* » Et avec cette assurance indescriptible par laquelle seuls les Anglais savent clore définitivement une discussion et sans grossière brusquerie, elle se leva et me tendit amicalement la main. Grâce à son influence, le calme était revenu, et tous nous la remerciions intérieurement de pouvoir nous saluer assez poliment, même si nous étions encore adversaires – l'atmosphère dangereusement tendue se dissipa grâce à quelques bons mots badins.

Bien que notre discussion semblât finalement s'être terminée de manière courtoise, il resta de cet acharnement fougueux un léger éloignement entre mes opposants et moi-même. Le couple allemand se faisait réservé, tandis que le couple italien s'amusait à me demander au cours des jours suivants, avec raillerie, si j'avais entendu quelque chose au sujet de la « *cara signora Henrietta* ». Bien que nos manières parussent fort urbaines, quelque chose de la compagnie loyale et franche de notre table était cependant irrévocablement détruit.

La froideur ironique de mes anciens opposants

devenait d'autant plus perceptible, comparée à la sympathie tout à fait particulière que me témoignait Mrs C. depuis cette discussion. Habituellement d'une discrétion si manifeste et si peu encline à converser avec les membres de notre tablée en dehors des repas, elle trouva plusieurs fois l'occasion de m'adresser la parole dans le jardin – et j'aimerais presque dire : de m'honorer : en effet, la distinction de ses manières réservées conférait à un tête-à-tête une faveur particulière. Oui, pour être sincère, je dois rapporter qu'elle cherchait vraiment ma compagnie et qu'elle mettait à profit le moindre prétexte pour deviser avec moi, et d'une manière si évidente que j'eusse pu en avoir des pensées vaniteuses et étranges, si elle n'avait été une vieille dame aux cheveux blancs. Mais sitôt que nous discutions ensemble, notre entretien revenait inévitablement et immanquablement à ce point de départ, à madame Henriette : ça semblait lui procurer un plaisir tout à fait mystérieux que d'accuser d'instabilité morale et de manque de sérieux celle qui avait délaissé ses devoirs. En même temps, elle semblait se réjouir de la fermeté avec laquelle ma sympathie restait favorable à cette femme douce et délicate, et du fait que rien ne pouvait me déterminer à abjurer de cette sympathie. Elle ne cessait d'orienter nos conversations dans cette direction et, pour finir, je ne savais plus ce que je devais penser de cette persistance singulière, presque spleenétique.

Il en alla ainsi quelques jours, cinq ou six, sans qu'elle eût pu trahir d'un mot pourquoi ce sujet de discussion revêtait pour elle une certaine importance. Que c'en fût réellement le cas m'a paru évident lorsque j'ai évoqué fortuitement, au cours d'une promenade, mon prochain départ ; j'envisageais de prendre la route le surlendemain. Alors son visage habituellement si calme prit une expression curieusement crispée – il y avait comme l'ombre d'un nuage qui passait devant ses yeux gris mer : « Comme c'est dommage ! J'avais encore tant de choses à discuter avec vous. » Et, à compter de cet instant, une certaine nervosité, une certaine agitation trahissaient qu'elle pensait à autre chose tandis qu'elle parlait, quelque chose qui l'obsédait et la déconcentrait. Soudain, cette déconcentration sembla la gêner, puisqu'après un silence abrupt elle me tendit inopinément la main :

« Je vois que je ne puis formuler clairement ce que j'aimerais pourtant vous dire. Je préfère vous l'écrire. » Et d'un pas plus vif que celui auquel elle m'avait habitué, elle a regagné la pension.

En effet, j'ai trouvé ce soir-là dans ma chambre, peu avant le dîner, une lettre de son écriture manuscrite énergique et franche. Malheureusement, j'ai fait peu de cas des documents écrits pendant mes années de jeunesse, tant et si bien que je ne peux en reproduire le mot à mot, et que je ne peux qu'esquisser approximativement la teneur de sa demande : si elle pouvait me raconter quelque chose qui lui était arrivé. Cet épisode était si lointain, écrivait-elle, qu'il n'appartenait pour ainsi dire plus qu'à peine à sa vie actuelle, et le fait que je parte après-demain lui rendait plus aisé de parler de quelque chose qui la torturait et la tourmentait intérieurement depuis plus de vingt ans. Si je ne considérais pas une telle discussion comme cavalière, elle me priait de lui accorder une heure.

La lettre, dont je n'esquisse ici que le pur contenu, me fascinait extraordinairement : l'anglais à lui seul lui conférait un haut niveau de clarté et de détermination. Ainsi, y répondre n'a pas été chose facile, j'ai déchiré trois brouillons avant d'y parvenir :

« C'est un honneur que vous m'accordiez tant de confiance, et je vous promets de vous répondre sincèrement si vous me le demandez. Naturellement, je m'interdis de vous prier de m'en conter davantage que ce que vous ne désirez au fond de vous-même. Mais si vous me parlez, faites-le en toute vérité pour nous deux. Je vous prie de croire que je reçois votre confiance comme un grand honneur. »

Le papier arriva le soir même dans sa chambre, le lendemain matin, je trouvai sa réponse :

« Vous avez parfaitement raison : une demi-vérité ne vaut pas la peine, seule une vérité totale a de la valeur. Je rassemblerai toutes mes forces pour ne rien taire, ni à vous, ni à moi. Venez dans ma chambre après le dîner – à soixante-sept ans, je ne peux craindre de méprise. En effet, dans le jardin ou à proximité de gens, je ne puis parler. Vous devez me croire ; il n'a pas été facile de me décider enfin. »

Au cours de la journée, nous nous sommes rencontrés à table et avons sagement devisé de choses futiles. Mais dans le jardin déjà, elle m'évita, lorsqu'elle me croisa, avec un émoi visible, et je ressentis de manière fâcheuse et touchante que cette vieille dame aux cheveux blancs fuyait devant moi telle une vierge effarouchée dans une allée de pins.

Le soir, à l'heure convenue, j'ai frappé à sa porte et elle m'a ouvert sur-le-champ : la chambre était baignée d'un demi-jour terne – seule la petite lampe de lecture sur la table brisait de son faisceau jaune l'obscurité crépusculaire de la pièce. Sans aucun embarras, Mrs C. est venue à moi, m'a prié de m'installer dans un fauteuil et s'est assise en face : je ressentais que le moindre de ses mouvements avait été intérieurement préparé, mais il y eut une interruption, manifestement contre son gré, une interruption pleine d'une lourde résolution, qui se faisait de plus en plus longue, que je n'osais rompre d'un mot parce que je ressentais qu'une forte volonté luttait contre une forte résistance. Du salon, en dessous, montaient parfois sourdement les sons décousus d'une valse ; j'écoutais avec attention, comme pour alléger un peu le silence de son accablante pression. Elle aussi semblait en ressentir la tension surnaturelle – soudain, elle se ramassa comme pour bondir et commença :

« Le premier mot est le plus difficile. Voilà deux jours que je me prépare pour être tout à fait claire et vraie : j'espère que j'y parviendrai. Peut-être ne comprenez-vous pas encore que je vous explique tout cela, à vous, un ami, mais il ne se passe pas un jour, pas une heure où je ne pense à cet événement si particulier ; et vous pouvez me croire, croire une vieille dame : il est insupportable de fixer toute sa vie durant un point précis, une seule de ses journées. Ainsi, tout ce que j'ai à vous raconter embrasse une simple période de vingt-quatre heures parmi soixante-sept ans, et souvent je me suis dit, jusqu'à en devenir folle : quelle importance d'avoir un jour agi follement ? Mais on ne peut se défaire de ce que nous nommons, d'une très incertaine façon, la conscience, et, j'ai pensé, en vous entendant parler si objectivement du cas d'Henriette, que, peut-être, ce souvenir insensé et cette incessante flagellation prendraient fin si je me décidais un jour à parler librement à quiconque de ce seul jour de ma vie. Si je n'avais pas été de confession anglicane, mais catholique, alors la confession m'aurait permis depuis longtemps de libérer ce secret par la parole – mais cette consolation nous est interdite, et je fais aujourd'hui cette tentative singulière de m'absoudre moi-même en m'adressant à vous. Je sais que tout cela est bien singulier, mais vous avez accepté ma proposition sans hésiter, et je vous en remercie.

« Donc, je disais que je ne souhaitais vous raconter qu'une seule journée de ma vie – tout le reste me semble dénué de signification et ennuyeux pour un autre que moi. Ce qu'il s'est passé jusqu'à mes quarante-deux ans ne sort pour rien au monde de l'ordinaire. Mes parents étaient de riches propriétaires écossais, nous possédions de grandes usines et des terres agricoles, et nous vivions à la manière des nobles de notre pays, le plus clair de l'année sur nos terres, et à Londres pendant la saison. À dix-huit ans, j'ai fait la connaissance de mon mari dans une société, il était le second fils de la renommée famille des R… et avait servi dix ans dans l'armée des Indes. Nous nous sommes mariés rapidement et avons mené la vie sans souci de notre cercle social, un quart de l'année à Londres, un autre sur nos terres, voyageant le reste du temps d'hôtel en hôtel en Italie, en Espagne et en France. Jamais l'ombre la plus légère n'a plané sur notre union – les deux fils que nous avons eus sont aujourd'hui des adultes. L'année de mes quarante ans, mon époux est mort brutalement. Il avait rapporté de ses années sous les tropiques une infection du foie : je l'ai perdu en l'espace de deux terribles semaines. Mon fils aîné travaillait alors, tandis que le cadet était au collège – ainsi, en une nuit, je me suis retrouvée dans un vide complet, et cette solitude m'était, à moi l'habituée d'une affectueuse communauté, une atroce torture. Il m'a paru impossible de rester un jour de plus dans cette maison abandonnée, dont chaque objet me rappelait la perte tragique de mon mari bien-aimé : j'ai résolu alors de passer les années suivantes à voyager beaucoup, tant que mes fils ne seraient pas mariés.

« Au fond, à compter de cet instant, j'ai considéré ma vie comme tout à fait insensée et inutile. L'homme avec lequel j'avais partagé chaque heure et chaque pensée vingt-trois ans durant était mort, mes enfants n'avaient pas besoin de moi ; je craignais de détruire leur jeunesse par mes sombres pensées et ma mélancolie – me concernant, je ne voulais ni ne désirais plus rien. Je suis d'abord allée à Paris où, par ennui, j'allais dans les magasins et les musées ; mais la ville et les choses me restaient étrangères, j'évitais les gens parce que je ne supportais pas leurs regards de compassion polie sur mon deuil. Je ne saurais plus expliquer comment se sont déroulés ces mois d'errance morose et flottante ; je me rappelle juste que je ne souhaitais que mourir, sans avoir la force de hâter par moi-même cette fin tant désirée.

« Dans ma seconde année de deuil, donc dans la quarante-deuxième de ma vie, au cours de cette fuite inavouée face à ces jours devenus sans saveur, mais dont je souhaitais qu'ils ne fussent pas trop ternes, j'ai atterri à Monte-Carlo au mois de mars. À dire vrai : ça s'est produit par ennui, en raison de ce vide intérieur qui me tourmentait, qui me torturait comme une nausée, mais qui voulait au moins se nourrir de bagatelles extérieures. Plus mes sentiments s'éteignaient en moi-même, plus fortement j'étais poussée là où la vie tourbillonne au plus vite : pour qui ne ressent plus rien, l'ardente agitation d'autrui est une aventure nerveuse, comme le théâtre ou la musique.

« C'est ainsi que j'allais souvent au casino. Je trouvais excitant de voir sur le visage des autres battre la houle des joies ou des stupeurs, tandis qu'en moi-même c'était une épouvantable marée basse. En outre, mon époux, sans être léger, fréquentait volontiers les salles de jeux – et je continuais de vivre fidèlement, empreinte d'une manière de piété involontaire, toutes ses habitudes passées. Et c'est là qu'ont commencé ces vingt-quatre heures, bien plus excitantes que n'importe quel jeu, qui ont pour des années anéanti mon destin.

« À midi, j'avais déjeuné avec la duchesse de M., une proche de ma famille. Après le souper, je ne me sentais pas encore assez fatiguée pour aller me coucher. Je suis alors entrée dans la salle de jeu, baguenaudant, sans jouer moi-même, çà et là entre les tables, à regarder d'une certaine manière les joueurs rassemblés ici. Je dis : d'une certaine manière, de celle que m'avait un jour apprise feu mon mari, alors que, fatiguée de regarder, je m'étais plainte de trouver ennuyeux de lorgner toujours les mêmes visages ; les vieilles dames ratatinées, qui restent dans leur fauteuil pendant des heures, avant d'oser un jeton, les habiles professionnels et les cocottes du jeu de cartes, cette société douteuse et d'origines diverses précipitée ici, qui, comme vous le savez, est bien moins pittoresque et romantique que la peinture qui en est faite dans des romans de caniveau où elle passe pour la fleur de l'élégance[1] et de l'aristocratie européenne. Et un casino d'il y a vingt ans était bien plus attrayant que de nos jours, puisqu'y trébuchait encore de l'argent bien visible, sensuel, y virevoltaient en tous sens billets crissants, napoléons d'or, pièces de cinq francs – rien de comparable avec ces citadelles du jeu rebâties pompeusement à la mode d'aujourd'hui, où un public bourgeois de voyages Cook gaspille avec ennui ses jetons sans âme. Mais déjà en ce temps-là, je ne trouvais que peu d'attrait à cette monotonie de visages indifférents, jusqu'à ce qu'un jour mon mari, dont le violon d'Ingres était la chiromancie, la signification des lignes de la main, me montrât une manière toute particulière de regarder, à vrai dire bien plus intéressante, bien plus excitante et palpitante que de rester ainsi debout avec nonchalance : ne jamais regarder un visage, mais uniquement l'espace carré de la table et là, uniquement les mains des gens et seulement leurs mouvements singuliers. J'ignore si, un jour, vous avez par hasard posé votre regard sur cette seule table verte, juste sur ce carré vert, au milieu duquel la bille titube de chiffre en chiffre comme un

1. *Idem.*

ivrogne et où, à l'intérieur des cases rectangulaires, des bouts de papier virevoltants, des pièces rondes d'or et d'argent tombent comme des semailles qu'ensuite le râteau du croupier moissonne comme une faux, ou qu'il repousse vers le gagnant comme une gerbe. D'un tel point de vue, seules les mains varient – toutes ces mains claires qui s'agitent, qui attendent autour de la table verte, toutes ces mains qui sortent des antres toujours différents d'une manche, toutes prêtes à bondir comme un prédateur, toutes de formes et de couleurs différentes, certaines nues, d'autres parées d'anneaux ou de chaînes cliquetantes, certaines poilues comme des animaux sauvages, certaines ondoyantes et humides comme des anguilles, mais toutes, tendues et vibrantes d'une monstrueuse impatience. Malgré moi, je pensais à un champ de courses où, sur la ligne de départ, les chevaux agités sont retenus avec peine, afin qu'ils ne s'élancent pas avant le signal : c'est exactement ainsi qu'elles tremblent et se lèvent et se cabrent. On découvre tout d'une personne à ses mains, à la manière qu'elles ont d'attendre, de saisir et de s'arrêter : le cupide à ses mains griffues, le prodigue à ses mains souples, le calculateur à ses mains calmes, le désespéré à son poignet tremblant ; des centaines de caractères se révèlent à la vitesse de l'éclair, à leur manière de prendre l'argent, celui qui le froisse ou l'éparpille nerveusement, celui qui, épuisé, la main lasse, le laisse sur place le temps d'une partie. L'homme se trahit en jouant, c'est un lieu commun, je sais ; je l'affirme cependant : sa propre main le trahit plus clairement encore que lui-même. Ainsi, tous les joueurs, ou presque, ont appris rapidement à dominer leurs traits – là-haut, au-dessus du col de chemise, ils portent le masque froid de l'impassibilité[1] –, ils forcent les plis

1. *Idem.*

autour de leur bouche à disparaître et ravalent leur excitation derrière leurs dents serrées, ils refusent que leurs yeux s'agitent visiblement, ils lissent les muscles tendus de leur visage pour lui conférer une indifférence artificielle, aux airs distingués. Mais, précisément, parce que toute leur attention se concentre convulsivement pour garder le contrôle sur leur visage, si susceptible de les trahir, ils en oublient leurs mains et oublient qu'il est des gens qui n'observent que ces mains et en devinent tout ce que leurs lèvres au sourire crispé, leurs regards indifférents à dessein veulent dissimuler. Mais la main révèle impudiquement ce qu'ils ont de plus secret. En effet, il vient inévitablement un moment qui arrache tous ces doigts dominés avec peine, l'air endormi, à leur élégante nonchalance : à la seconde fatidique où la bille de la roulette tombe dans son encoche et où l'on crie le numéro gagnant, à cette seconde, chacune de ces cent ou cinq cents mains fait instinctivement un mouvement tout à fait personnel, tout à fait individuel d'instinct primitif. Et lorsqu'on est habitué, comme moi, à observer ces mains dans l'arène, grâce à ce goût que m'a enseigné mon époux, ce déferlement toujours inattendu, toujours différent de tempéraments singuliers produit plus d'effets que le théâtre ou la musique : je suis bien incapable de vous dépeindre combien de milliers de mains il y a : des bêtes sauvages aux doigts poilus et crochus qui empoignent l'argent telle l'araignée, et des nerveuses, des tremblantes, aux ongles blêmes qui osent à peine le toucher, des nobles et des viles, des brutales et des timides, des rusées et pour ainsi dire des balbutiantes – mais chacune produit un effet différent, chacune de ces paires de mains exprime une vie bien particulière, exception faite de celles des quatre ou cinq croupiers. Celles-là sont des machines, elles fonctionnent avec une précision de spécialiste, commerciale, indifférente, à l'opposé des autres, si pleines de vie, comme les clapets d'acier cliquetant d'une compteuse de billets. Mais même ces mains sobres produisaient à leur tour un effet étonnant à cause de leur présence parmi leurs sœurs aux aguets et passionnées : elles portent, si j'ose dire, un autre uniforme, tels des policiers au milieu de la marée enthousiaste d'un soulèvement populaire. Puis s'y ajoute le charme personnel de devenir familière de toutes les habitudes et les passions de quelques mains ; après quelques jours, j'avais déjà des connaissances parmi elles et les séparais, comme on le ferait avec des gens, entre sympathiques et antipathiques : certaines m'étaient si répugnantes, en raison de leurs mauvaises manières et de leur cupidité, que je ne cessais d'en détourner le regard comme on le fait devant l'indécence. Mais chaque nouvelle main à la table signifiait pour moi un événement et de la curiosité : souvent, j'en oubliais de regarder le visage au-dessus, qui, tout là-haut, sortant d'un col, restait planté immobile comme un froid masque mondain au-dessus d'une chemise de smoking ou d'une gorge étincelante.

« Lorsque je suis entrée ce soir-là, que je suis passée devant deux tables combles pour en gagner une troisième, et que, déjà, je préparais quelques pièces de monnaie, j'ai été surprise d'entendre pendant cette pause parfaitement muette, tendue, au silence vrombissant, qui intervient toujours lorsque la bille, alors au comble de l'exténuement, tangue entre deux numéros, un bruit tout à fait singulier, juste en face de moi, un craquètement, un craquement, comme un bris d'articulations. Malgré moi, j'ai regardé avec étonnement de l'autre côté. Et là, j'ai vu – vraiment, j'en eus peur ! – deux mains comme jamais encore je n'en avais vu, une droite et une gauche, tels deux animaux enroulés l'un sur l'autre en train de se mordre et qui s'étiraient et se griffaient l'un dans l'autre et l'un contre l'autre en se cabrant dans une telle tension que les phalanges craquaient avec ce son sec d'une noix qu'on casse. C'était des mains d'une beauté tout à fait rare, inhabituellement longues, inhabituellement fines, et pourtant tendues de muscles très saillants – très blanches et aux ongles blêmes, nacrés, et aux extrémités à la douceur délicate. Je n'ai cessé de les fixer de toute la soirée – oui, avec étonnement, ces mains hors du commun, absolument uniques – mais ce qui m'a surpris d'abord si terriblement, c'était leur passion, leur expression passionnée à la folie, cette manière de se tordre en se crispant et de lutter l'une contre l'autre. Ici, un homme plein d'ardeur, je l'ai su tout de suite, concentrait sa passion dans le bout de ses doigts, pour ne pas qu'elle le fît exploser. Et maintenant… à la seconde où la bille tomba dans l'encoche avec un son sec et mat, et que le croupier cria le numéro… à cette seconde, les deux mains se sont abattues soudainement, comme deux animaux traversés par une seule balle. Elles sont tombées, toutes deux, mortes véritablement et pas simplement exténuées, elles sont tombées avec une expression si plastique de relâchement, de déception, comme foudroyées, finies, tant et si bien que je ne peux l'exprimer par des mots. Il faut dire que jamais encore, ni depuis lors, je n'avais vu de mains si expressives, où chaque muscle était une bouche et où l'on ressentait presque la passion sortir par leurs pores. Puis, toutes deux, elles sont restées un moment affalées sur la table verte, à la manière de méduses rejetées au bord de l'eau, inertes et mortes. Puis l'une commença, la dextre, avec peine, à se redresser du bout des doigts, elle trembla, se retira, tourna sur elle-même, chancela, décrivit un cercle et, brusquement, nerveusement, saisit un jeton qu'elle roula avec hésitation entre la pointe du pouce et de l'index, comme une petite roue. Et soudain, elle se cambra à la manière d'une panthère qui fait le gros dos et lança, cracha même le jeton de cent francs au milieu du carreau noir. Tout de suite, comme sur un signal, l'excitation s'empara aussi de la senestre restée en sommeil ; elle se releva, glissa, rampa plutôt vers sa sœur tremblante, fatiguée par son lancer, et toutes deux frissonnaient maintenant ensemble, toutes deux frappaient sans un bruit contre la table, comme des dents qui claquent les unes contre les autres dans le frisson de la fièvre – non, jamais, ô ! grand jamais, je n'avais vu de mains à l'expression si terriblement révélatrice, une manière de forme spasmodique d'excitation et de tension. Tout le reste sous cette voûte, les murmures des salles, les cris stridents des croupiers, les allées et venues des gens, et même celles de la bille, qui maintenant, jetée de haut, sautait, possédée, dans sa cage ronde au revêtement verni – cette pléthore d'impressions vibrantes et bourdonnantes, courant crûment sur mes nerfs, me sembla soudain être morte et rigide comparée à ces deux mains tremblantes, respirant, ahanant, attendant, grelottant, frissonnant, ces deux mains inouïes, qui m'avaient pour ainsi dire ensorcelée au premier regard.

« Finalement, je n'y tins plus ; je devais voir l'homme, je devais voir le visage auquel ces mains magiques appartenaient, et, anxieusement – oui, vraiment anxieusement, tant j'avais peur devant ces mains – mon regard monta lentement le long des manches, en direction des épaules étroites. Et, derechef, j'ai sursauté ; ce visage parlait la même langue effrénée, à la fantastique emphase, que ses mains, il dégageait la même opiniâtreté terrible dans son expression, avec la même beauté délicate et presque féminine. Jamais je n'avais vu de tel visage, arqué de la sorte hors de lui-même, arraché à lui-même, et j'avais tout le loisir de le contempler comme un masque, comme une sculpture dépourvue de regard : cet œil possédé ne se tournait ni à droite, ni à gauche, ne serait-ce que pour une seconde : fixe, noir, une boule de verre sans vie – ainsi se tenait la pupille sous les paupières ouvertes, reflet miroitant de la bille aux éclats d'acajou, qui, folle et pétulante, sautait et bruissait dans le plateau tournant de la roulette. Jamais, je dois le répéter, je n'avais vu de visage si crispé et fascinant de la sorte. Il appartenait à un jeune homme d'environ vingt-quatre ans, il était étroit, délicat, un peu oblong et si expressif. De la même manière que les mains, il n'avait pas vraiment l'air d'appartenir à un homme, mais plutôt à un gamin jouant passionnément – tout ça, je ne l'ai remarqué que plus tard ; pour l'heure, ce visage disparaissait totalement derrière une expression fracassante d'avidité et de fureur. La fine bouche, ardente et ouverte, découvrait à moitié ses dents : à dix pas de distance, on pouvait voir avec quelle fièvre elles claquaient les unes contre les autres, tandis que les lèvres immobiles restaient entrouvertes. Humide, une mèche de cheveux blonds collait au front, tombant en avant comme chez quelqu'un ayant chuté, et, autour des narines, on devinait un frémissement continu, comme si d'invisibles vaguelettes clapotaient sous la peau. Et toute cette tête inclinée en avant se penchait inconsciemment toujours plus, donnant le sentiment d'être aspirée dans le tourbillon de la petite bille ; ce n'est qu'à cet instant que j'ai compris la pression crispée des mains : ce n'est que grâce à ces forces contraires, grâce à cette crispation, que le corps échappant à sa gravité tenait encore en équilibre. Jamais – je ne peux cesser de le répéter – je n'avais vu de visage où la passion transparaissait si ouvertement, bestialement, impudiquement, et je le fixais, ce visage… aussi fascinée, subjuguée par son fanatisme que son regard l'était par les rebonds et les sursauts de la bille tourbillonnante. À compter de cette seconde, je ne remarquais plus rien dans la salle, tout me semblait mat, sourd et vague, sombre en comparaison des flammes qui consumaient ce visage, et indifférente aux autres personnes, j'ai observé peut-être pendant une heure cet homme seul et chacun de ses gestes : ses yeux rayonnèrent d'une intense lueur, l'enchevêtrement crispé de ses mains se déchira comme sous l'effet d'une explosion et les doigts tremblants se défirent, lorsque le croupier poussa vingt pièces d'or entre ses serres avides. À cette seconde, le visage devint soudain radieux et parfaitement juvénile, les rides retombèrent, apaisées, les yeux se mirent à briller, le corps tordu vers l'avant se redressa lestement et légèrement – agile comme un cavalier, il se trouva assis là, porté par un sentiment de triomphe, les doigts faisaient sonner coquettement et amoureusement les pièces rondes, les chiquenaudant, les faisant danser et sonner comme s'il s'agissait d'un jeu. Puis, de nouveau, il tourna la tête avec inquiétude, parcourut la table verte avec le flair sobre d'un jeune chien de chasse à la recherche de la bonne piste, puis, brusquement, d'un geste vif, il jeta tout le tas de pièces d'or sur un des rectangles. Alors, il se trouva de nouveau à l'affût, tendu. De nouveau, ses lèvres palpitèrent de cette houle électrique, de nouveau ses mains se crispèrent, le visage de gamin disparut derrière une attente concupiscente, jusqu'à ce que la tension convulsive retombât en une explosion de déception : le visage, qui avait encore l'air d'être celui d'un gamin, se flétrit, devint livide et âgé, les yeux hébétés et éteints, et tout cela en une seule seconde, avec l'arrêt de la bille sur un mauvais numéro. Il avait perdu : il regarda fixement quelques secondes, d'un regard presque imbécile, comme s'il n'avait pas compris – mais sitôt après le premier appel du croupier, comme sous l'effet d'un coup de fouet, ses doigts prirent quelques pièces d'or. Pourtant son assurance s'était évanouie, il plaça d'abord les pièces sur l'une des cases, puis, s'étant ravisé, sur une autre, et alors que les billes roulaient déjà, il jeta rapidement d'une main tremblante, mû par une envie subite, encore deux billets froissés sur le carré.

« Ce va-et-vient de perte et de gain dura une heure environ sans s'interrompre et, durant cette heure, je n'ai pas détourné mon regard fasciné, même pas le temps d'une respiration, de ce visage qui ne cessait de se métamorphoser, sur lequel coulaient et refluaient toutes les passions ; je ne détachais pas mon regard de ces mains magiques qui, avec chaque muscle, restituaient plastiquement toute l'échelle des sentiments, montant et descendant à la manière d'une fontaine. Jamais au théâtre je n'ai regardé avec tant de tension le visage d'un acteur comme j'ai regardé celui-là, sur lequel, comme la lumière et l'ombre sur un paysage, passait l'incessante variation de toutes les couleurs et de toutes les sensations, par à-coups. Jamais je n'avais pris part si intensément à un jeu que dans le reflet de cette étrangère excitation. Si quelqu'un m'avait observée en cet instant, il aurait dû considérer mon regard fixe d'acier comme un signe d'hypnose, et mon état de torpeur totale y était semblable – je ne pouvais tout simplement pas détourner mon regard de ce jeu de mimes, et ce qui se passait dans la salle, lumière, rires, gens et regards, m'entourait sans consistance, une fumée jaune au milieu de laquelle se trouvait ce visage, une flamme parmi les flammes. Je n'entendais rien, je ne ressentais rien, je ne remarquais pas les gens qui se pressaient à mes côtés, d'autres mains qui se tendaient subitement comme des antennes, pour jeter de l'argent ou encaisser ; je ne voyais pas la bille ni n'entendais la voix du croupier, et je voyais pourtant comme dans un rêve tout ce qu'il se passait, amplifié par le miroir courbe de ses mains, par l'excitation et l'excès. Pour savoir si la bille tombait sur le rouge ou le noir, roulait ou s'arrêtait, je n'avais pas besoin de regarder la roulette : chaque phase se déroulait, perte et gain, espoir et déception, sur les traits enflammés, les nerfs et les expressions de ce visage dominé par la passion.

« Mais vint ensuite un moment terrible – un moment, que depuis le début je craignais sourdement, suspendu comme un orage au-dessus de mes nerfs à vif et qui, soudain, les déchira. De nouveau la bille était tombée dans la cuvette avec ce « clac » bref et tremblotant, de nouveau palpitait cette seconde où deux cents lèvres retenaient leur souffle, jusqu'à ce que la voix du croupier annonçât – cette fois-là : zéro – tandis que son râteau leste rassemblait déjà de tous côtés les pièces sonnantes et les billets crissants. À cet instant, les deux mains crispées ont eu un mouvement tout à fait terrifiant ; elles bondirent en l'air comme pour saisir au vol quelque chose qui ne s'y trouvait pas, et retombèrent sur la table, sous le seul effet de la gravité, comme à l'article de la mort. Puis, soudain, elles furent de nouveau en vie, prises de fièvre, elles se retirèrent de la table pour rejoindre leur propre corps, en escaladèrent le tronc tels des chats sauvages, en haut, en bas, à droite, à gauche, allant nerveusement dans chacune des poches, inspectant si quelque part ne s'était pas égarée une dernière pièce de monnaie. Mais elles en revenaient toujours bredouilles, et renouvelaient avec toujours plus de fougue cette quête insensée, vaine, tandis que la roulette tournait de nouveau, que le jeu des autres avait repris – les pièces sonnantes, les fauteuils qu'on déplaçait –, et que les centaines de petits bruits bourdonnaient dans la salle. Je tremblais, saisie d'épouvante : je ressentais tout cela comme si c'était mes propres doigts qui, désespérés, fouillaient là, dans les poches et replis des habits froissés, à la recherche d'argent. Et soudain, d'un seul mouvement, cet homme se tenait debout devant moi, tout à fait comme quelqu'un qui se lève parce qu'il se sent mal tout à coup et se redresse pour ne pas suffoquer ; derrière lui, la chaise culbuta bruyamment sur le sol. Mais sans même le remarquer, sans la moindre attention pour ses voisins qui, apeurés et étonnés, évitaient cet homme chancelant, il quitta la table d'un pas mal assuré.

« À ce spectacle, j'étais comme pétrifiée. Puis j'ai aussitôt compris où allait cet homme : à la mort. Qui se levait de la sorte ne retournait pas à l'hôtel, ni dans un bar, ni auprès d'une femme, ni dans un compartiment de train, ni dans aucune forme de la vie mais sombrait tout droit dans l'abîme. Même le plus échaudé de cette salle infernale aurait pu réaliser que cet homme n'avait ni chez lui, ni à la banque ni chez des proches le moindre soutien, mais qu'il avait misé ici sa dernière fortune, sa vie, et qu'il claudiquait maintenant vers d'autres lieux, mais coûte que coûte hors de cette vie. Toujours j'avais craint, ressenti mystérieusement depuis le premier instant, que se jouait ici quelque chose de supérieur au gain ou à la perte et pourtant ça m'a saisie au plus profond de moi, un éclair noir, lorsque j'ai vu la vie quitter ses yeux subitement et la mort recouvrir son visage blafard en sursis. Malgré moi – tant j'étais pénétrée de ses gestes plastiques – j'ai dû me cramponner de la main, tandis que cet homme quittait sa place et titubait ; ce pas chancelant pénétrait mon cœur, comme précédemment sa tension avait pénétré mes veines et mes nerfs. Puis je fus *attirée*, je devais le suivre : sans que je l'eusse voulu, mon pied avança. Ça s'est passé de manière tout à fait involontaire, je ne l'ai pas fait moi-même, mais il s'est passé que, sans prêter attention à quiconque, sans plus me ressentir moi-même, j'ai emprunté le corridor en direction de la sortie.

« Il se tenait devant le vestiaire, le préposé lui avait donné son manteau. Mais ses propres bras ne lui obéissaient plus : l'employé zélé l'aidait ainsi, comme un paralysé, à passer ses bras dans les manches. J'ai vu, à la manière mécanique de fouiller les poches de sa veste, qu'il souhaitait lui laisser un pourboire, mais les doigts tâtonnants en sont ressortis vides. Alors il sembla subitement se souvenir de tout, il balbutia, gêné, quelques mots, et il eut comme précédemment un sursaut soudain vers l'avant avant de trébucher dans les marches du casino comme un ivrogne – le préposé le regarda un instant encore, avec un sourire d'abord méprisant puis compréhensif.

« Cette attitude était si bouleversante qu'en être spectatrice me faisait honte. Malgré moi, je me suis détournée, gênée d'avoir regardé le désespoir d'un étranger comme à la rampe d'un théâtre – puis cette angoisse incompréhensible me tira soudain de moi-même. Rapidement, je me fis remettre mes effets et, sans penser à rien de particulier, tout à fait mécaniquement, tout à fait instinctivement, je me suis hâtée dans l'obscurité derrière cet homme étranger. »

Mrs C. interrompit son histoire un instant. Tout le temps, elle était restée assise sans bouger en face de moi et avait parlé avec ce calme et cette clarté qui lui étaient propres, presque sans interruption, comme seul parle quelqu'un qui s'y est préparé intérieurement et qui a ordonné les événements avec soin. C'était la première fois qu'elle s'interrompait, elle hésita et se tendit soudain vers moi, sortant de son récit :

« Je vous ai promis ainsi qu'à moi-même, entreprit-elle quelque peu anxieuse, de tout raconter véritablement et avec la plus grande justesse. Mais je dois maintenant exiger que vous accordiez à ma précision tout votre crédit et que vous n'attribuiez pas à ma manière d'agir des motifs cachés dont, aujourd'hui peut-être, je n'aurais pas honte, mais qui dans ce cas seraient tout à fait faux. Je dois alors souligner que lorsque je me suis hâtée dans la rue derrière ce joueur anéanti, je n'étais pas amoureuse le moins du monde de ce jeune homme – je ne pensais absolument pas à lui comme à un homme et d'ailleurs, pour moi qui étais alors une femme de plus de quarante ans, plus aucun homme n'a valu que je le regarde après la mort de mon mari. Pour moi, c'était *définitivement* fini : je vous dis cela explicitement et dois vous le répéter, sans quoi vous ne comprendriez pas toute l'horreur de ce qui va suivre. À vrai dire, il me serait difficile également de nommer précisément le sentiment qui jadis m'a entraînée si inéluctablement à la suite de ce malheureux : il y avait de la curiosité, mais avant tout une effroyable angoisse, ou mieux dit, l'angoisse *de* quelque chose d'effroyable que, dès la première seconde, j'ai ressenti autour de ce jeune homme comme un nuage. Mais de tels sentiments, on ne peut les disséquer ni les décomposer, d'abord parce qu'imbriqués l'un dans l'autre, ils éclosent trop compulsivement, trop rapidement, trop spontanément – sans doute n'ai-je rien commis d'autre qu'un geste absolument instinctif d'assistance, celui par lequel on tire un enfant sur le point traverser sous les roues d'une automobile. Ou peut-être peut-on expliquer cela par le fait que des gens qui ne savent pas nager sautent d'un pont pour secourir un noyé ? Les causes en sont mystérieuses, une volonté les pousse avant qu'ils n'aient le temps de considérer l'insensée hardiesse de leur entreprise ; et, tout à fait de cette manière, sans réfléchir, sans considération consciente et claire, j'ai jadis suivi ce malheureux hors de la salle de jeu vers la sortie, puis de la sortie sur la terrasse.

« Et je suis certaine que ni vous ni aucun être doué

de sentiments sensibles n'aurait pu s'arracher à cette angoissante curiosité ; en effet, il n'y avait pas de spectacle plus lugubre que celui de ce jeune homme qui devait avoir tout au plus vingt-quatre ans, qui se traînait péniblement comme un vieillard, titubant comme un ivrogne, les articulations disjointes, brisées, des escaliers à la terrasse. Là, son corps s'écroula lourdement comme un sac sur un banc. De nouveau, à ce mouvement, j'ai ressenti un frisson : cet homme était fini. Il n'y a qu'un défunt pour tomber de la sorte, ou quelqu'un chez qui aucun muscle ne tient plus à la vie. La tête, penchée de travers, était tombée par-dessus le dossier, les bras pendaient mollement et informes vers le sol – dans la pénombre des lanternes qui vacillaient sans éclat, le premier passant venu aurait pu le prendre pour un fusillé. Et ainsi – je ne peux expliquer comment cette vision s'est soudain imposée à moi, mais soudain elle était là, d'une plasticité palpable, d'une réalité pleine de frissons et d'épouvante – ainsi, je l'ai vu devant moi en cette seconde, comme fusillé, et inéluctablement m'a pénétrée la certitude qu'il avait un revolver dans sa poche et que l'on trouverait demain cette silhouette étendue sur ce banc ou sur un autre, sans vie et couverte de sang. À dire vrai, sa chute était tout à fait celle d'une pierre qui tombe dans l'abîme sans s'arrêter avant d'avoir atteint le fond : jamais je n'ai vu semblable expression de lassitude et de désespoir dans une attitude physique.

« Et maintenant, imaginez ma situation : je me tenais à vingt ou trente pas derrière le banc de cet être inerte, fracassé, ne sachant qu'entreprendre, poussée d'une part par la volonté d'aider, retenue par la crainte qu'on m'avait inculquée, dont j'avais hérité, d'adresser la parole à un étranger dans la rue. Les becs de gaz jetaient une lueur pâle dans le ciel nuageux ; très rarement seulement, une silhouette se hâtait devant nous – il n'était pas loin de minuit et je me trouvais presque toute seule dans le parc avec cette silhouette suicidaire. Cinq fois, dix fois, je m'étais approchée de lui ; toujours la pudeur me ramenait en arrière, ou peut-être cet instinct d'un pressentiment profond, que ceux qui tombent entrainent volontiers avec eux ceux qui leur viennent en aide – et au milieu de ce va-et-vient je ressentais moi-même ce que la situation avait d'insensé et de risible. Toutefois, je ne pouvais ni parler ni m'en aller, ni entreprendre quoi que ce soit ni le laisser. Et j'espère que vous me croyez lorsque je vous dis que je suis allée et venue, indécise, sur cette terrasse pendant une heure peut-être, une heure interminable, tandis que les milliers et milliers de vaguelettes d'une mer invisible déchiraient le temps, tant me bouleversait et m'accaparait la vision de l'anéantissement total de cet homme.

« Et pourtant, je n'ai pas trouvé le courage d'une parole, d'un geste, et j'aurais pu rester la moitié de la nuit debout à attendre, ou peut-être un égoïsme plus sensé m'aurait finalement poussé à rentrer chez moi, oui, je crois même que j'étais déjà décidée à laisser dans son impuissance ce tas de misère, mais quelque chose de plus puissant que ma pusillanimité prit une décision. Il faut dire qu'il s'était mis à pleuvoir. Toute la soirée déjà, le vent avait rassemblé au-dessus de la mer de lourds nuages de printemps remplis de vapeur, on sentait de ses poumons, de son cœur, que le ciel était très fortement oppressant – soudain, une goutte tomba à terre, et aussitôt une lourde pluie tomba dru, en lourdes cordes humides et chassées par le vent. Il m'a fallu fuir sous l'auvent d'un kiosque, et, bien que j'eusse ouvert mon parapluie, les bourrasques trépignantes aspergeaient de gerbes d'eau ma robe. Jusque sur mon visage et mes mains je ressentais jaillir la poussière froide des gouttes qui claquaient et se fracassaient contre le sol.

« Mais – et c'était un si effroyable spectacle, qu'aujourd'hui encore, après deux décennies, le souvenir m'en noue la gorge – sous cette pluie diluvienne, le malchanceux restait assis, inerte sur son banc, sans un seul geste. De toutes les gouttières ruisselait et glougloutait l'eau, on entendait les voitures vrombir en ville, à droite et à gauche fuyaient des silhouettes aux manteaux relevés ; tout ce qui était animé de vie courbait timidement l'échine, fuyait, courait, cherchait un abri, partout chez les hommes et les animaux on sentait la crainte devant ces éléments déchainés – seul ce noir paquet d'homme, là, sur le banc, ne bougeait ni ne remuait. Je vous disais déjà tout à l'heure que cet homme avait la magie de rendre palpable chacun de ses sentiments par ses mouvements et ses gestes ; mais rien, rien sur terre ne pouvait exprimer le désespoir, la résignation, la mort incarnée comme cette immobilité, cette position assise, inerte, insensible, sous une pluie battante, cette lassitude de se lever pour parcourir les quelques pas sous un toit protecteur, toute cette indifférence de son propre être. Nul sculpteur, nul poète, ni Michel-Ange ni Dante ne m'ont fait ressentir avec autant de force le geste du plus grand désespoir, de la plus grande misère de ce monde que cet être de chair et d'os qui se laissait envelopper par les éléments, déjà trop las, trop fatigué pour esquisser le moindre geste afin de s'abriter.

« Instinctivement, je me suis mise en mouvement. D'un bond, j'ai traversé les verges cinglantes de la pluie et j'ai secoué ce paquet d'homme ruisselant de son banc. "Venez !" J'ai saisi son bras. Il me regarda péniblement. Quelque mouvement semblait vouloir lentement partir de lui, mais il ne comprit pas. "Venez !" J'ai tiré de nouveau la manche humide, mais cette fois, presque en colère. Alors il se leva lentement, sans volonté et chancelant. "Que voulez-vous?" demanda-t-il, et je n'avais aucune réponse à lui donner; moi-même j'ignorais ce que je voulais faire de lui : juste partir de sous cette averse froide, quitter cette position assise insensée, suicidaire, pleine de désespoir. Je n'ai pas lâché son bras, mais j'ai continué à tirer cet homme si dépourvu de volonté jusqu'au kiosque où l'avancée de l'étroit auvent le protégeait, au moins dans une certaine mesure, de l'attaque furieuse des éléments sauvagement poussés par le vent. Je n'en savais pas davantage ni n'en voulais davantage. Seulement tirer cet homme au sec, sous un toit : je n'avais d'abord pas songé à autre chose.

« Ainsi, nous nous sommes trouvés tous deux, l'un contre l'autre, dans cette étroite bande sèche; derrière nous, le mur fermé du kiosque, au-dessus de nous, le toit protecteur trop petit sous lequel, nous surprenant sournoisement, la pluie insatiable ne cessait d'asperger nos vêtements et nos visages de ses lambeaux disparates de froid humide, en de brusques bourrasques. La situation est devenue insupportable. Je ne pouvais pourtant rester davantage aux côtés de cet homme étranger et trempé. Cependant, je ne pouvais pas non plus, après l'avoir tiré ici, le laisser simplement planté là, sans un mot. Quelque chose devait se produire; peu à peu, je me suis forcée à mettre mes idées au clair. Au mieux, ai-je pensé, le conduire chez lui en voiture, puis, à mon tour, rentrer chez moi : demain, il trouvera bien comment se venir en aide. Ainsi, j'ai demandé à l'homme inerte à mes côtés, qui regardait fixement dans la nuit furieuse : "Où habitez-vous?

« — Je n'ai pas d'appartement… je suis seulement venu de Nice ce soir… On ne peut pas aller chez moi."

« Je n'ai pas tout de suite saisi sa dernière phrase. Ce n'est que plus tard que j'ai compris que cet homme me tenait pour… une demi-mondaine, pour une de ces femmes qui traînent ici en masse autour du casino, dans l'espoir de prendre un peu d'argent aux joueurs heureux ou ivres. Enfin, que pouvait-il bien penser d'autre – puisque maintenant seulement, en vous le racontant, je ressens tout l'irréel, oui, tout le fantastique de ma situation – ce qu'il pouvait penser de moi, c'était bien la façon dont je l'avais tiré du banc et traîné naturellement, absolument pas comme une dame. Mais cette pensée ne m'est pas venue tout de suite. Plus tard, trop tard déjà, l'épouvantable méprise dans laquelle il se trouvait à mon sujet est devenue claire. Jamais sinon je n'aurais prononcé les mots suivants, qui ne firent que renforcer sa méprise. Je lui ai dit en effet : "Alors nous prendrons une chambre dans un hôtel. Vous ne pouvez rester ici. Maintenant, vous devez vous mettre à l'abri quelque part."

« Aussitôt, je me suis rendu compte de son erreur fâcheuse puisqu'il ne s'est pas tourné vers moi, mais m'a repoussée avec une expression empreinte d'une certaine ironie : "Non, je n'ai pas besoin de chambre, je n'ai besoin d'absolument rien. Ne te donne pas de peine, il n'y a rien à tirer de moi. Tu t'es tournée vers le mauvais type, je n'ai pas d'argent."

« C'était de nouveau dit d'une manière si effroyable, avec une indifférence si bouleversante ; et cette manière de rester là, sans bouger, appuyé mollement contre le mur, cet homme ruisselant, mouillé, exténué de l'intérieur m'a bouleversée tant et plus que je n'ai même pas trouvé le temps d'être honteusement, bêtement offensée. Je n'ai fait que ressentir ce que j'avais dès le début ressenti, le voyant chanceler à l'extérieur de la salle, puis sans cesse au cours de cette heure invraisemblable : qu'ici un homme, un homme jeune, vivant, respirant, se trouvait au bord de la mort et que je *devais* le sauver. Je me suis approchée davantage.

« "Ne vous souciez pas d'argent et venez ! Vous ne pouvez rester ici, je vais vous abriter. Ne vous occupez d'absolument rien, seulement, venez, maintenant !"

« Il a tourné la tête, j'ai ressenti comment, tandis que la pluie battait sourdement autour de nous et que la gouttière rejetait à nos pieds l'eau battante, comment là, au milieu de l'obscurité, il s'efforçait pour la première fois de voir mon visage. Même son corps semblait lentement sortir de sa léthargie.

« "Bon, comme tu veux, concéda-t-il. Tout m'est indifférent… En fin de compte, pourquoi pas ? Allons-y." J'ai ouvert mon parapluie, il s'est mis à mon côté et m'a pris le bras. Cette soudaine confiance m'était désagréable, oui, elle m'effrayait, j'en ai eu peur jusqu'au plus profond de mon cœur. Mais je n'avais pas le courage de lui interdire quoi que ce soit ; que je l'eusse repoussé, il serait retombé dans l'abîme et tout ce que j'avais tenté jusqu'alors serait resté vain. Nous avons fait quelques pas vers le casino. J'ai seulement alors réalisé que je ne savais que faire de lui. Au mieux, me dis-je rapidement, le conduire à un hôtel, lui donner de l'argent là-bas de sorte qu'il puisse y passer la nuit et, le lendemain, se mettre en route : je ne pensais à rien de plus. Et comme à cet instant les fiacres passaient à la hâte devant le casino, j'en ai appelé un dans lequel nous sommes montés. Lorsque le cocher a demandé où nous allions, je n'ai su d'abord que lui répondre. Mais me rappelant soudain que l'homme trempé, dégoulinant, à côté de moi ne serait reçu dans un aucun bon hôtel – mais d'autre part, en femme tout à fait inexpérimentée ne pensant nullement à une équivoque, j'ai crié au cocher : "Dans n'importe quel hôtel bon marché."

« Le cocher, impassible, trempé jusqu'aux os, fouetta

son cheval. L'étranger à mes côtés ne pipait mot, les roues faisaient un grand fracas et la pluie frappait de toute sa violence contre les vitres : j'avais l'impression, dans ce carré obscur, lugubre comme un sarcophage, de voyager avec un cadavre. J'essayai de réfléchir, de trouver n'importe quel mot pour atténuer l'étrange et l'effroyable de nos présences muettes, mais rien ne me vint à l'esprit. Au bout de quelques minutes, le fiacre s'arrêta, je descendis la première, payai le cocher tandis que l'autre, comme léthargique, refermait la porte. Nous nous tenions maintenant devant la porte d'un petit hôtel inconnu ; au-dessus de nous, un avant-toit de verre formait un petit espace abrité de la pluie qui, autour de nous, déchirait la nuit impénétrable de son épouvantable monotonie.

« L'inconnu, cédant à son poids, s'était appuyé malgré lui contre le mur, son chapeau mouillé et ses vêtements froissés gouttaient et ruisselaient. À la manière d'un noyé qu'on vient de tirer des flots, encore hébété, il se tenait là, et, autour de l'endroit où il était appuyé, se formait un filet d'eau ruisselante. Il ne faisait pourtant pas mine le moins du monde de bouger, d'ôter son chapeau d'où les gouttes ne cessaient de dégouliner sur son front et son visage. Il se tenait complètement apathique, et je ne saurai vous dire à quel point cet anéantissement m'émouvait.

« Mais maintenant, il fallait agir. J'ai mis la main dans mon sac : "Voici cent francs, dis-je, prenez-les pour une chambre, et pour repartir à Nice demain."

« Il m'a regardé, l'air étonné.

« "Je vous ai observé dans la salle de jeu, insistai-je, remarquant son hésitation. Je sais que vous avez tout perdu et je crains que vous ne soyez sur la meilleure pente pour commettre une bêtise. Il n'y a aucune honte à se faire aider… Tenez, prenez !"

« Mais il repoussa ma main avec une énergie que je ne lui aurai pas soupçonnée. "Tu es bien bonne, dit-il, mais ne gaspille pas ton argent. On ne peut plus m'aider. Que je dorme cette nuit encore ou non ne fait aucune différence. De toute façon, demain, tout sera fini. On ne peut plus m'aider.

« — Non, vous devez les prendre, insistai-je à nouveau. Demain, vous penserez autrement. Montez d'abord et dormez tout votre saoul. La nuit porte conseil, demain sera un autre jour."

« Pourtant il repoussa ma main, presque violemment, alors que je lui tendais de nouveau l'argent.

« "Laisse ça, répéta-t-il sourdement, ça n'a pas de sens. Il vaut mieux que je fasse ça dehors plutôt que de souiller la chambre de ces gens avec du sang. On ne peut m'aider avec cent francs, ni même avec mille. Je retournerais demain à la salle de jeu avec les quelques derniers francs et n'arrêterais pas avant que tout soit parti. À quoi bon tout recommencer ? J'en ai assez."

« Vous ne pouvez mesurer à quel point ce ton sourd a pénétré jusque dans mon âme. Mais représentez-vous ceci : à deux pas de vous se trouve un homme jeune, intelligent, agissant et vivant, et l'on sait que, si l'on ne rassemble pas toutes ses forces, dans deux heures ce morceau de jeunesse qui pense, parle et respire sera un cadavre. C'est devenu en quelque sorte pour moi une colère, une rage de vaincre cette résistance insensée. J'ai saisi son bras : "Assez de ces idioties ! Maintenant, vous allez monter et vous prendre une chambre, et demain je reviens et vous conduis à la gare. Vous devez partir d'ici, vous devez rentrer chez vous demain et je n'aurai de cesse que je vous voie avec votre billet, dans le train. On ne se débarrasse pas de la vie lorsqu'on est jeune, simplement parce qu'on vient de perdre quelques centaines ou quelques milliers de francs. C'est de la lâcheté, une hystérie stupide due à la colère et à l'amertume. Demain, vous-même me donnerez raison.

« — Demain, répéta-t-il avec une intonation singulièrement sombre et ironique, demain ! Si tu savais où je serai demain ! Si je le savais moi-même – à vrai dire, j'en suis un peu curieux. Non, rentre chez toi, mon enfant, ne te donne pas cette peine et ne gaspille pas ton argent."

« Mais je ne renonçai pas. C'était en moi comme une manie, une colère. Avec violence, je lui pris la main où j'écrasai les billets de banque. "Prenez l'argent et montez sur-le-champ !" Et d'un pas décidé, je suis allée actionner la sonnette. "Bon, maintenant, j'ai sonné, le concierge va arriver, vous montez et vous vous allongez. Demain, à neuf heures, je vous attends devant l'hôtel et vous conduis aussitôt à la gare. Ne vous souciez de rien d'autre, je vais faire le nécessaire afin que vous rentriez chez vous."

« À cet instant, la clef cliqueta de l'intérieur de la porte et le concierge ouvrit.

« "Viens !" dit-il soudain d'une voix dure, fortement exaspérée, et je sentis ses doigts étreindre inéluctablement mon poignet. J'en étais terrifiée… terrifiée des pieds à la tête, si paralysée, si foudroyée que j'en ai perdu tout sens commun… je voulais me défendre, m'arracher… mais ma volonté était comme endormie… et moi… vous comprendrez… moi… j'avais honte, devant le concierge qui se tenait là, à attendre, impatient, de me débattre contre un inconnu. Et c'est ainsi… ainsi que je me suis retrouvée d'un coup à l'intérieur de l'hôtel ; je voulais parler, dire quelque chose, mais ma gorge était nouée… sur mon bras reposait sa main lourde et directive… je la sentais sourdement qui me faisait gravir à contrecœur un escalier… une clef grinça… et, soudain, je me suis retrouvée seule avec cet étranger

50

dans une chambre inconnue d'un hôtel quelconque dont encore aujourd'hui j'ignore le nom. »

Mrs C. s'arrêta une nouvelle fois et se leva soudain. Sa voix semblait ne plus lui obéir. Elle alla à la fenêtre, regarda quelques minutes dehors ou peut-être n'appuya-t-elle que son front sur la vitre froide : je n'avais pas le courage de regarder précisément, en effet, il m'était pénible d'observer la vieille dame dans sa nervosité. C'est pourquoi je suis resté silencieux, sans poser de questions, sans faire de bruit, à attendre qu'elle revînt d'un pas calme et se rassît face à moi.

« Bon – maintenant, je vous ai raconté le plus dur. Et j'espère que vous me croyez si je vous assure de nouveau, si je jure sur tout ce qui m'est sacré, sur mon honneur et sur mes enfants, que je n'avais jusqu'à cette seconde pas pensé à une… une relation avec cet étranger, que vraiment sans la moindre volonté délibérée, oui sans conscience, j'étais soudain tombée dans cette situation comme au travers d'une trappe sur le chemin régulier de mon existence. Je me suis jurée de vous dire la vérité, ainsi qu'à moi-même, c'est pourquoi je vous répète que je suis tombée dans cette aventure tragique seulement par le biais d'une volonté presque exagérée d'aider, et par le biais d'aucune autre, d'aucun sentiment personnel, c'est-à-dire sans aucun désir, ni aucun pressentiment.

« Ce qu'il s'est passé dans cette chambre, cette nuit-là, vous m'épargnerez de vous le raconter ; moi-même, je n'ai pas oublié la moindre seconde de cette nuit et ne l'oublierai jamais. En effet, cette nuit-là, je luttais pour la vie d'un homme, alors je vous répète : c'était un combat à la vie, à la mort. Je ressentais trop assurément de chacun de mes nerfs que cet homme étranger, cet homme déjà à moitié perdu se retenait à la dernière chose qui lui restait, de tout le désir et l'ardeur d'un condamné à mort. Il s'accrochait à moi comme celui qui sent déjà l'abîme sous lui. Quant à moi, je rassemblais toutes mes forces pour le sauver, faisant feu de tous les moyens en ma possession. Une telle heure, un homme ne la connaît peut-être qu'une fois seulement dans toute sa vie, et seul un homme parmi des millions – moi-même, je n'aurais jamais soupçonné, sans ce funeste hasard, qu'un être humain condamné, perdu, pût aspirer une fois encore cette goutte incandescente de vie, avec tant d'ardeur, de désespoir, d'insatiable avidité ; éloignée pendant vingt ans de toutes les puissances démoniaques de l'existence, je n'aurais jamais saisi comment la nature entasse parfois si magnifiquement et si fantastiquement, dans quelques brèves respirations, chaleur et froid, mort et vie, euphorie et désespoir. Et cette nuit était si pleine de combat et discussion, de désespoir, de colère, de haine, de larmes de supplication et d'ivresse, qu'il m'a semblé qu'elle dura mille ans et que nous deux, êtres humains entrelacés titubant dans l'abîme, l'un dans la fureur de la mort, l'autre innocemment, nous sommes ressortis différents de ce tumulte morbide, différents, complètement métamorphosés, avec d'autres sens, d'autres sentiments.

« Mais je ne veux pas en parler. Je ne puis ni ne veux le décrire. Il n'y a que cette interminable minute de mon réveil au matin que je peux vous dépeindre. Je me suis réveillée d'un sommeil de plomb, d'une profondeur de la nuit que jamais je n'avais connue. J'ai eu besoin de longtemps avant d'ouvrir les yeux et la première chose que j'ai vue était ce plafond d'une chambre méconnue, au-dessus de moi, et, poursuivant mon tâtonnement, une chambre parfaitement étrangère, inconnue, hideuse, dont j'avais oublié comment j'y étais tombée. Je me suis d'abord convaincue que tout cela était un songe, un songe plus clair, plus transparent dans lequel m'avait plongée ce sommeil lourd et confus – mais venant des fenêtres, il y avait déjà la lumière du soleil, la lumière du matin, d'une clarté vive, de toute évidence réelle, en dessous retentissaient les bruits de la rue, les roulements des voitures, les sonnettes des tramways et le brouhaha des gens – c'est alors que j'ai réalisé que je ne rêvais pas, que j'étais réveillée. Malgré moi, je me suis redressée pour recouvrer mes esprits, et là... en tournant mon regard sur le côté... là, j'ai vu – et jamais je ne pourrai vous décrire mon effroi – un homme étranger qui dormait à mes côtés dans le large lit... mais étranger, étranger, étranger, un homme inconnu, à moitié nu... Non, cet effroi, je le sais, ne se décrit pas : il s'est abattu sur moi si terriblement que je suis retombée, sans force. Mais ce n'était pas un évanouissement bienfaisant ni un oubli, au contraire : avec la rapidité de l'éclair, tout était redevenu aussi clair qu'inexplicable, et je n'avais pour seul souhait que de mourir du dégoût et de la honte de me retrouver soudain avec un parfait étranger dans le lit non moins étranger d'un bouge suspect. Je sais encore distinctement que de battre mon cœur s'est arrêté, que j'ai retenu ma respiration comme si je pouvais, par ce subterfuge, effacer ma vie et, avant tout, ma conscience, cette conscience claire, épouvantablement claire, qui saisissait tout et qui, pourtant, ne comprenait rien.

« Jamais je ne saurai combien de temps je suis restée ainsi allongée, tous les membres frigorifiés : les morts doivent être ainsi figés dans leur cercueil. Je sais seulement que j'avais fermé les yeux et que je priais Dieu, ou n'importe quelle puissance céleste, pour que ce ne fût pas vrai, pour que ce ne fût pas réel. Cependant, mes perceptions affûtées ne me permettaient plus de me mentir, j'entendais des gens parler dans la chambre voisine, l'eau bruire, des pas qui trainaient dans le couloir, et chacun de ces signes attestait inexorablement du réveil cruel de mes sens.

« Combien de temps a duré cet épouvantable état, je ne saurais le dire : de telles secondes ont une autre durée que celles du reste de la vie. Mais, soudain, je fus en proie à une autre angoisse, une angoisse furieuse et atroce : cet étranger, dont je ne connaissais pas même le nom, allait se réveiller et me parler. Et j'ai su sur-le-champ qu'il ne me restait plus qu'une chose à faire : m'habiller, fuir avant son réveil. Ne plus être vue de lui, ne plus lui parler. Se sauver à temps, fuir, fuir, fuir, retourner à ma propre vie, n'importe comment, à mon hôtel et quitter aussitôt, par le prochain train, cet endroit de débauche, ce pays, ne plus le rencontrer, ne plus le voir, n'avoir aucun témoin, aucun accusateur ni complice. Cette pensée m'a arrachée à mon évanouissement : bien prudemment, avec les mouvements sournois d'un cambrioleur, je suis sortie du lit pouce après pouce (pour ne pas faire le moindre bruit) et j'ai saisi mes vêtements en tâtonnant. Bien prudemment, je me suis habillée, tremblant à chaque seconde qu'il ne se réveillât, et déjà j'étais prête, déjà j'y étais parvenue. Seul mon chapeau se trouvait de l'autre côté, au pied du lit, et alors que, sur la pointe des pieds, j'allai le ramasser... en cette seconde, je ne *pouvais* faire autrement : il me fallait encore jeter un regard sur le visage de cet homme étranger qui était tombé dans ma vie, telle la pierre d'une corniche. Je ne voulais lancer qu'un simple regard, mais... c'était étrange, en effet le jeune étranger qui somnolait là était *réellement* un étranger pour moi : au premier coup d'œil je ne reconnus absolument pas le visage de la veille. En effet, les traits tendus, creusés par la passion, bouleversés par les spasmes de l'homme excité – celui-ci avait un autre visage, parfaitement enfantin, parfaitement adolescent qui *rayonnait* simplement de pureté et de sérénité. Les lèvres, serrées hier et pincées entre les dents, rêvaient, tendrement ouvertes et presque mi-arrondies en un sourire ; ses cheveux blonds tombaient en boucles délicates sur son front lisse, et un souffle sortait doucement de sa poitrine, agitant le corps endormi de douces ondulations.

« Peut-être vous rappelez-vous ce que je vous racontais précédemment ; jamais encore je n'avais observé avec une telle force, dans une démesure si puissamment criminelle l'expression d'avidité et de passion que chez cet étranger à la table de jeu. Et je vous assure que jamais, y compris chez des enfants, qui pourtant affichent parfois dans leur sommeil de nourrisson une lueur angélique de sérénité, que jamais je n'ai vu une telle expression de pure clarté, de pur sommeil à la sincère *béatitude*. Sur ce visage, tous les sentiments prenaient forme dans une apparence incomparable, un état de décontraction paradisiaque, allégé de tous poids intérieurs, un état de détente, un état de délivrance. À ce coup d'œil surprenant, tombèrent de moi comme un lourd manteau noir, toutes les peurs, tous les frissons – je n'avais plus honte, non, j'étais presque heureuse. L'effroyable, l'inconcevable soudain faisait sens à mes yeux, je me *réjouissais*, j'étais *fière* à la pensée que ce jeune homme, beau et délicat, qui gisait ici tranquille et serein telle une fleur, eût sans mon dévouement été retrouvé quelque part au pied d'une falaise, fracassé, ensanglanté, le visage défoncé, sans vie, les yeux exorbités : je l'avais sauvé, il était sauvé. Et je regardais maintenant – je ne peux le dire autrement – d'un regard *maternel* cet homme endormi que j'avais fait renaître à la vie – avec plus de souffrance que mes propres enfants. Et au milieu de cette chambre usée, malpropre, dans cet hôtel de passe infect et douteux, j'ai été saisie – vous trouverez peut-être mes mots ridicules – par un sentiment semblable à ceux qu'on éprouve dans une église : la béatitude du miracle et de la sanctification. Après avoir vécu la plus effroyable seconde de toute ma vie, je vivais maintenant sa sœur, la plus étonnante et la plus grandiose.

« Avais-je bougé trop bruyamment ? Avais-je parlé malgré moi ? Je l'ignore ; soudain, le dormeur ouvrit les yeux. Effrayée, je fis un pas en arrière. Il regardait à la ronde avec étonnement – exactement comme moi-même précédemment, il semblait maintenant, à son tour, émerger péniblement d'une profondeur et d'un chaos terrifiants. Son regard parcourait intensément la chambre étrangère, inconnue, puis buta sur moi, étonné. Mais avant qu'il pût parler ou tout à fait recouvrer ses esprits, je m'étais ressaisie. Ne pas lui laisser dire le moindre mot, ne lui accorder ni question ni familiarité, rien d'hier ni de cette nuit ne devait être répété, expliqué, discuté.

« "Je dois m'en aller maintenant, lui ai-je signifié rapidement, vous restez ici et vous vous habillez. Puis à douze heures, je vous retrouve à l'entrée du casino : là, je m'occuperai de tout le reste."

« Et avant qu'il eût pu me rétorquer quoi que ce fût, je m'enfuis pour ne plus voir la chambre et je courus sans me retourner hors de l'hôtel dont j'ignorais le nom, comme celui de l'étranger avec lequel j'y avais passé une nuit. »

Le temps d'une respiration, Mrs C. interrompit son récit. Mais tout ce qui était tendu et torturé avait disparu de sa voix : à la manière d'une automobile qui gravit péniblement une montagne puis qui, une fois le sommet atteint, en dévale la pente en roulant aisément et rapidement, son récit volait maintenant en des paroles délestées :

« Alors je me suis hâtée vers mon hôtel à travers les rues éclairées de la lumière matinale, dont l'orage avait chassé du ciel toute moiteur, et chassé de moi ce sentiment torturant. Mais n'oubliez pas ce que je vous ai dit tout à l'heure : après le décès de mon époux, j'avais complètement renoncé à la vie. Mes enfants n'avaient pas besoin de moi, moi-même je ne voulais plus de moi, et toute vie qui vit sans but précis est une erreur. Maintenant, pour la première fois, une mission m'avait été fortuitement confiée : j'avais sauvé un être humain, je l'avais tiré de son anéantissement de tout le déploiement de mes forces. Il me restait encore un petit quelque chose à régler pour que cette mission fût conduite à son terme. J'ai donc couru jusqu'à mon hôtel : le regard étonné du concierge, parce que je rentrais à neuf heures du matin, glissa sur moi – ni honte ni colère des événements passés ne subsistaient, mais une renaissance soudaine de ma volonté de vivre, un nouveau sentiment inattendu quant à la nécessité de mon existence ici bas irriguait chaudement mes veines palpitantes. Dans ma chambre, je me suis habillée en vitesse, j'ai enlevé inconsciemment mon vêtement de deuil (je ne l'ai remarqué que plus tard) pour l'échanger contre des habits plus clairs, je me suis rendue à la banque pour y retirer de l'argent, je me suis hâtée à la gare pour me renseigner sur le départ des trains : avec une détermination qui m'étonnait moi-même, j'expédiai encore quelques courses et rendez-vous. Il n'y avait alors plus rien à faire qu'à régler le départ et le salut définitif de cet homme que m'avait envoyé le destin.

« À dire vrai, cela me demandait de la force d'aller maintenant à sa rencontre. En effet, tous les événements d'hier s'étaient passés dans le noir, dans un tourbillon, pareils à deux pierres qui s'entrechoquent soudain lorsqu'elles sont portées par le torrent ; nous connaissions à peine nos visages, oui, je n'étais même pas certaine que cet étranger me reconnaîtrait encore. La veille, c'était un accident, une ivresse, la possession de deux êtres troublés, mais là il était nécessaire de me livrer plus ouvertement, parce que je devais le rencontrer dans la lumière crue et impitoyable du jour, avec ma personnalité, avec mon visage, comme un être vivant.

« Mais tout s'est produit plus facilement qu'escompté. À peine m'étais-je approchée du casino à l'heure convenue qu'un homme jeune sauta d'un banc et se hâta vers moi. Il était quelque chose de spontané, quelque chose d'une innocence si enfantine et d'heureux dans sa surprise, comme dans chacun de ses mouvements éloquents : il volait ainsi vers moi, un rayon de joie reconnaissante et en même temps respectueuse dans ses yeux qui se baissèrent humblement sitôt qu'ils ressentirent les miens se troubler en sa présence. La gratitude, on la sent si rarement chez les gens, et ceux qui sont précisément les plus reconnaissants ne trouvent pas l'expression pour cela, ils se taisent, troublés, ils ont honte et agissent parfois sottement pour dissimuler leur sentiment. Mais là, en cet homme, en qui Dieu, comme un sculpteur mystérieux, avait placé toute la palette des sentiments, sensuels, beaux et physiques, brûlait aussi le geste de la reconnaissance, rayonnant ardemment jusqu'au plus profond de son corps. Il se courba au-dessus de ma main, et, la fine ligne de sa tête d'enfant dévotement inclinée, il demeura ainsi une minute, plein de respect, à baiser mes doigts en ne faisant que les effleurer, puis il fit un pas en arrière, demanda comment je me sentais, me regarda avec émotion, et il y avait tant de bienveillance dans chacune de ses paroles qu'au bout de quelques minutes la dernière crainte m'eût quittée. Et comme s'il était le miroir de l'apaisement des sentiments, le paysage alentour s'illumina, ayant perdu toute sorcellerie :

la mer, hier sauvagement agitée, était une bonasse si calme et claire que chaque galet sous le petit ressac brillait de blanc jusqu'à nous, le casino, ce bourbier infernal, scintillait d'un blanc mauresque dans le ciel balayé de damas, et ce kiosque, sous l'auvent duquel, la veille, la pluie battante nous avait poussés, avait éclôt en un magasin de fleurs : il y avait là, blancs, rouges, verts et multicolores, dans un désordre tiqueté, de larges brassées de fleurs et de végétaux que vendait une jeune femme à la blouse aux couleurs éclatantes.

« Je l'ai invité à déjeuner dans un petit restaurant ; ce jeune étranger m'y a raconté l'histoire de son aventure tragique. Elle était la confirmation complète de mon premier pressentiment lorsque j'ai vu ses mains tremblantes, agitées nerveusement sur le tapis de jeu. Il descendait d'une vieille famille noble de la Pologne autrichienne, était destiné à une carrière diplomatique, avait étudié à Vienne et, voilà un mois, il avait réussi le premier de ses examens avec un extraordinaire succès. Pour célébrer ce jour, son oncle, un officier supérieur d'état-major chez qui il logeait, l'avait conduit en voiture au Prater pour le récompenser, et ils étaient allés ensemble au champ de courses. L'oncle avait de la chance au jeu, il l'emporta trois fois d'affilée : munis de l'épaisse liasse des billets gagnés, ils soupèrent ensuite dans un élégant restaurant. Le lendemain, ce diplomate en devenir reçut de son père, en gratification de son examen brillamment réussi, une somme d'argent du montant de ce qu'il percevait mensuellement ; deux jours auparavant, cette somme lui aurait encore paru énorme, mais maintenant, au regard de ces gains faciles, elle lui était indifférente et médiocre. Ainsi, sitôt qu'il eût déjeuné, il retourna aux courses de trot, paria furieusement et passionnément et, son bonheur, ou plutôt son malheur, voulut qu'il quittât le Prater après la dernière course avec le triple de son argent. Alors la rage du jeu, tantôt aux courses, tantôt dans les cafés ou dans les clubs, l'avait saisi, qui consumait ses études, ses nerfs et par-dessus tout, son argent. Il n'était plus capable de penser, de dormir paisiblement et encore moins de se dominer ; une nuit, de retour chez lui du club où il avait tout perdu, il trouva en se déshabillant un dernier billet de banque froissé dans sa veste. Il ne put se contenir, se rhabilla et déambula jusqu'à trouver quelques joueurs de domino dans un café avec lesquels il resta jusqu'à l'aube. Un jour, sa sœur mariée lui est venue en aide et a épongé ses dettes auprès d'usuriers qui s'empressaient de faire crédit à l'héritier d'une grande famille noble. Pendant un temps, la chance au jeu le mit à l'abri – mais ensuite, ça alla continuellement de mal en pis et plus il perdait, plus avidement ses engagements non approvisionnés et ses promesses non tenues exigeaient impérieusement des gains qui le sauveraient. Voilà longtemps qu'il avait misé sa montre, ses habits et finalement s'est produite une chose terrible : il subtilisa dans l'armoire de sa vieille tante deux grosses boucles d'oreilles qu'elle portait rarement. La première, il l'échangea contre une grosse somme que le jeu du soir même quadrupla. Mais au lieu d'arrêter là, il misa le tout et il perdit. À l'heure de son départ, le larcin n'était pas encore découvert, si bien qu'il échangea la seconde boucle et partit en train, suivant une inspiration subite, pour Monte-Carlo afin de récupérer à la roulette la fortune rêvée. Il avait déjà vendu sa valise, ses habits, son parapluie, il ne lui restait plus rien que le revolver avec quatre balles et une petite croix sertie de pierres précieuses, reçue de sa marraine, la princesse X, dont il ne voulait pas se départir. Mais même cette croix, il l'avait vendue l'après-midi pour cinquante francs, seulement pour pouvoir, le soir venu, une dernière fois encore, se délecter de la joie palpitante du jeu à la vie et à la mort.

« Tout cela, il l'a raconté avec le charme enthousiaste de son être à la généreuse vivacité. Et je l'ai écouté, bouleversée, transportée, excitée ; pourtant, à aucun moment ne m'est venue la pensée de m'indigner que cet homme à ma table fût en réalité un voleur. Que quelqu'un m'eût seulement insinué la veille, à moi, une femme à la vie passée irréprochablement et qui exigeait dans sa société une dignité sévère et conventionnelle, que je serais assise en toute intimité avec un jeune homme parfaitement étranger, à peine plus âgé que mon fils et qui avait volé des boucles d'oreilles en perles – je l'aurais pris pour un extravagant. Mais à aucun moment de son récit je n'ai rien ressenti qui fût proche de l'effroi ; il racontait tout cela si naturellement et avec une telle passion que son geste semblait être davantage le fruit d'une fièvre, d'une maladie, qu'un larcin. Et après : à qui, comme moi, avait vécu quelque chose de si inattendu la nuit passée, le mot « impossible » avait perdu d'un coup tout son sens. J'avais en effet, au cours de ces dix heures, incroyablement plus appris sur la réalité que précédemment, au cours de quarante années bourgeoises.

« Pourtant, autre chose m'effrayait dans cette confession ; c'était la lueur fiévreuse de ses yeux, qui faisait électriquement trembler tous les nerfs de son visage lorsqu'il parlait de sa passion du jeu. Rien que d'en parler l'excitait et, avec une terrible précision, son visage mobile dessinait chaque tension, qu'elle fût joyeuse ou douloureuse. Ses mains, ses mains magnifiques, aux attaches fines, nerveuses, ont machinalement recommencé à se métamorphoser, comme à la table de jeu, en elles-mêmes, en bêtes féroces, en êtres carnassiers et fuyants : je les voyais, tandis qu'il racontait, trembler à partir du poignet, se courber puissamment, se serrer ensemble, puis de nouveau bondir pour à nouveau s'enchevêtrer. Et lorsqu'il confessait le vol des boucles, elles firent (je sursautais malgré moi), bondissant en un éclair, le geste vif du malandrin : je *vis* bel et bien les doigts se jeter formidablement sur les bijoux et les engloutir rapidement dans le creux de la main. Et avec un effroi innommable, j'ai réalisé que cet homme était empoisonné par sa passion jusqu'à la dernière goutte de son sang.

« C'était la seule chose qui m'émouvait et m'effrayait dans son récit, cette dépendance pitoyable d'un jeune homme avisé, insouciant par nature, à une passion démente. Ainsi, j'ai considéré comme mon premier devoir de convaincre amicalement mon protégé imprévu de quitter Monte-Carlo sans plus tarder, où la tentation était la plus grande, de retourner aujourd'hui encore dans sa famille avant que ne fût remarquée la disparition des boucles et que son avenir ne fût à jamais compromis. Je lui ai promis de l'argent pour le voyage et pour dégager les bijoux, mais à la seule condition qu'il partît aujourd'hui et qu'il me jurât sur son honneur de ne jamais plus toucher une carte ni de jouer à quelque jeu de hasard.

« Jamais je n'oublierai avec quels transports de gratitude, d'abord soumise puis, peu à peu, radieuse, cet homme étranger, égaré m'écouta, comment il *but* mes paroles lorsque je lui ai promis de l'aider ; et, soudain, il étendit les deux mains au-dessus la table pour toucher les miennes d'un geste que je n'oublierai jamais, une manière d'adoration et de promesse solennelle. Dans ses yeux clairs, encore quelque peu hagards, il y avait des larmes, tout son corps tremblait nerveusement d'excitation heureuse. Combien de fois ai-je déjà essayé de vous décrire l'expressivité sans pareille de ses gestes, mais *ce* geste-là, je ne suis pas capable de vous l'esquisser ;

c'était une félicité si extatique, si surnaturelle, telle qu'un visage humain ne nous en témoigne que très rarement – comparable uniquement à cette ombre blanche, le visage d'un ange qui disparaît, un ange que l'on croit voir devant soi lorsqu'on émerge d'un rêve.

« Pourquoi le taire : je n'ai pas résisté à ce regard. La gratitude rend heureux parce qu'on en fait rarement l'expérience palpable, la délicatesse de sentiment fait du bien et, pour moi, être mesuré et froid, une telle exaltation signifiait quelque chose de tout à fait bienfaisant, merveilleux. Et après : en même temps que cet être bouleversé et anéanti, le paysage s'était magnifiquement ravivé après la pluie de la veille. Lorsque nous sommes sortis du restaurant, la mer d'huile brillait superbement, bleue jusqu'au ciel et là, plus haut, un autre bleu n'était moucheté que des taches blanches que faisaient les mouettes. Vous connaissez, bien entendu, le paysage de la Riviera. Il est toujours beau et pourtant plat comme une carte postale, et il présente paisiblement à l'œil ses couleurs toujours intenses, une beauté tranquille, indolente, qui se laisse effleurer impassiblement par chaque regard, presque orientale, dans un don toujours généreux. Mais parfois, très rarement, il est de ces jours où cette beauté se rehausse, elle se brise, où elle crie, pour ainsi dire, énergiquement, à qui la regarde, ses couleurs vives, fanatiquement étincelantes, elle projette victorieusement le chatoiement de ses couleurs, de ces jours où elle s'embrase, où elle brûle ardemment. Et naguère, un tel jour enthousiaste était né dans le chaos tempétueux de la nuit d'orage, la rue étincelait d'avoir été lavée, le ciel était de turquoise, et partout s'allumaient les buissons, des flambeaux bigarrés de verdure parcourue par la sève. Les montagnes semblaient soudain être plus proches et plus claires dans l'air léger et ensoleillé : curieuses, elles se rassemblaient plus près de la petite ville reluisant et scintillant de blanc – dans chaque regard, on sentait surgir l'appel encourageant de la nature, et la manière dont elle vous prenait votre cœur malgré vous : "Prenons une voiture, dis-je, et roulons le long de la corniche."

« Il acquiesça, enthousiaste : pour la première fois depuis son arrivée, ce jeune homme semblait enfin voir et remarquer le paysage. Jusque-là, il n'avait rien connu que la salle oppressante du casino, ses relents lourds de sueur, la cohue de ses êtres hideux et déformés et une mer maussade, grise et bruyante. Mais maintenant, il y avait devant nous l'immense éventail déployé de la plage inondée de soleil et le regard se posait avec ravissement d'un horizon sur l'autre. Nous avons roulé lentement en voiture (autrefois, il n'y avait pas encore d'automobiles) sur ce chemin splendide, passant devant de nombreuses demeures et sous bien des regards : des centaines de fois, à chaque maison, à chaque villa ombragée de la verdure des pins, surgissait ce vœu le plus secret : on pouvait vivre ici, calme, heureux, en dehors du monde !

« Ai-je été de toute ma vie aussi heureuse qu'en cette heure ? Je l'ignore. À côté de moi, dans la voiture, était assis ce jeune homme, la veille encore dans les griffes de la mort et de la fatalité, et maintenant étonné d'être baigné par les rayons du soleil : on avait l'impression qu'il était allégé du poids des ans. Il semblait être devenu un petit garçon, un bel enfant joueur aux yeux pétulants, et en même temps pleins de respect, en qui rien ne me ravissait davantage que sa délicatesse de sentiments exacerbée : que la voiture peinât dans une côte et que les chevaux eussent de la peine, alors il en sautait lestement pour pousser à l'arrière. Si je parlais d'une fleur ou que j'en désignais une en chemin, alors il se hâtait d'aller me la cueillir. Un petit crapaud, attiré par la pluie de la veille, se traînait péniblement sur le chemin – il se leva et le porta précautionneusement dans l'herbe tendre, afin qu'il ne fût pas écrasé par la voiture ; et, entre-temps, il racontait avec exubérance les choses les plus drôles et charmantes : je crois que ce rire était pour lui une manière de salut, sinon, il lui aurait fallu chanter, ou sauter, ou se laisser aller à d'autres extravagances tant sa soudaine exaltation comportait de bonheur et d'ivresse.

« Lorsqu'ensuite, en haut, nous avons lentement traversé un petit village, il souleva soudain, en passant, son chapeau. J'en fus surprise : qui saluait-il ainsi, étranger parmi les étrangers ? Il rougit légèrement à ma question et expliqua, presque en s'excusant, que nous étions passés devant une église et que, chez eux, en Pologne, à l'instar de tous les pays fortement catholiques, on était habitué dès l'enfance à se découvrir devant chaque église ou autre maison de Dieu. Ce beau respect du religieux m'a saisie profondément – en même temps, je me suis souvenue de cette croix dont il avait parlé et lui ai demandé s'il était croyant. Et lorsqu'il me concéda, gêné, d'un geste quelque peu honteux, qu'il espérait recevoir la grâce de Dieu, une pensée m'envahit soudain : "Arrêtez-vous !" ai-je crié au cocher avant de descendre prestement de la voiture. Il me suivit, étonné : "Où allons-nous ?" Je répondis seulement : "Venez."

« Je suis retournée avec lui vers l'église, une chapelle de campagne en briques. Les murs intérieurs passés à la chaux paraissaient gris et vides, la porte était ouverte, de sorte qu'un faisceau lumineux jaune coupait nettement l'obscurité du dedans et des ombres enveloppaient de bleu un petit autel. Deux chandelles regardaient, d'un œil voilé, depuis le crépuscule à la chaleur d'encens. Nous sommes entrés, il se découvrit, plongea sa main dans le bénitier purificatoire, se signa et fit une génuflexion. À peine se fut-il redressé que je l'attrapai.

"Rentrez, l'exhortai-je, allez à l'autel ou vers n'importe quelle image sacrée à vos yeux, et prononcez le serment que je vais vous dire." Il me regarda avec étonnement, presque avec effroi. Mais, saisissant rapidement, il alla vers une niche, fit le signe de croix et, avec obéissance, il s'agenouilla de nouveau. "Répétez après moi, dis-je, tremblant moi-même d'excitation, répétez après moi : je jure…

« — Je jure", reprit-il.

« Et j'ai continué : "Que jamais plus je ne prendrai part à un jeu d'argent, qu'elle qu'en soit la forme, et que je n'exposerai jamais plus ma vie ni mon honneur à cette passion."

« Il répéta mes paroles en tremblant : elles remplissaient avec clarté et force le néant absolu de la nef. Puis il y eut un moment de silence, un silence tel que l'on pouvait entendre du dehors le léger frémissement des arbres, dans les feuilles desquels soufflait le vent. Et soudain, il se jeta en avant comme un pénitent, et prononça en polonais, avec une extase que jamais encore je n'avais vue, une suite de mots rapide et embrouillée que je ne compris pas. Ce devait être une prière extatique, une prière de grâce et de contrition, puisque cette confession tempétueuse sans cesse faisait s'incliner son chef au-dessus du prie-Dieu ; les sons étrangers se répétaient avec de plus en plus de passion, et un mot revenait particulièrement avec de plus en plus d'ardeur, qui sortait de lui avec une indicible ferveur. Jamais, ni avant ni après cela, je n'ai entendu prier ainsi dans aucune église du monde. Ses mains se cramponnaient vigoureusement au prie-Dieu en bois, tout son corps était agité par un ouragan intérieur qui parfois le déchirait, parfois le terrassait de nouveau. Il ne voyait ni ne sentait plus rien : il semblait être tout entier dans un autre monde, dans un purgatoire de la métamorphose ou dans un élan vers une sphère sacrée. Enfin, il se releva lentement, fit un signe de croix et se retourna péniblement. Ses genoux tremblaient, son visage était blême comme celui d'un exténué. Mais lorsqu'il me vit, son œil rayonna, un sourire pur, véritablement *pieu* éclaira sa mine transportée ; il s'approcha plus près de moi, se courba profondément, à la manière russe, saisit mes deux mains, pour les effleurer respectueusement des lèvres : "C'est Dieu qui vous a envoyée à moi. Je l'en ai remercié." Je ne savais que dire. Mais j'aurais souhaité que, soudain, au-dessus des petites chaises, l'orgue se mît à résonner – je sentais en effet que j'avais entièrement réussi : cet homme, je l'avais sauvé pour toujours.

« Nous sommes ressortis de l'église dans cette lumière resplendissante, triomphante, digne d'un jour de mai : jamais encore le monde ne m'avait paru si beau. Pendant deux heures encore, nous sommes allés lentement en voiture au milieu des collines sur ce chemin panoramique, qui offrait à chaque lacet une nouvelle vue. Mais nous ne parlions plus. Après cette effusion de sentiments, chaque mot semblait dérisoire. Et lorsque fortuitement mon regard rencontrait le sien, alors, confuse, il me fallait le détourner tant j'étais troublée de constater mon propre miracle.

« Vers cinq heures de l'après-midi, nous sommes retournés à Monte-Carlo. Je devais encore me rendre à un rendez-vous avec de proches parents, que je ne pouvais plus annuler. Et, à vrai dire, au plus profond de moi-même, je voulais faire une pause, relâcher ce sentiment trop violemment exacerbé. C'était trop de bonheur en effet. Je ressentais que je devais me reposer de cet état ardent, extatique, comme jamais, de toute ma vie, je n'en avais connu. Ainsi, j'ai prié mon protégé de ne venir à l'hôtel avec moi que pour un court instant : là, dans ma chambre, je lui ai donné l'argent pour le voyage et pour dégager les bijoux. Nous sommes convenus que, pendant mon rendez-vous, il prendrait son billet ; ensuite, nous devions nous retrouver à sept heures, dans le hall de gare, une demi-heure avant le départ du train qui le ramènerait chez lui, en passant par Gênes. Lorsque j'ai voulu lui tendre les cinq billets, ses lèvres sont devenues étrangement blêmes : "Non… pas… pas d'argent… je vous en prie… pas d'argent !" souffla-t-il entre ses dents tandis que ses doigts se retiraient en tremblant, agités et nerveux. "Pas d'argent… pas d'argent… je ne puis le voir… ", répéta-t-il encore, comme s'il était physiquement subjugué par le dégoût et la peur. Mais j'ai apaisé sa honte, disant que je ne faisais que les lui prêter, et que s'il se sentait obligé, il pouvait me signer un récépissé. "Oui… oui… un récépissé", murmura-t-il en détournant le regard, et de froisser les billets comme une chose salissante qui colle aux doigts avant de les empocher sans les regarder et de coucher à la hâte quelques mots sur une feuille. Lorsqu'il leva les yeux, la sueur perlait en gouttelettes sur son front : quelque chose semblait puissamment l'assaillir de l'intérieur et, à peine m'eût-il tendu cette feuille volante, que ça le transperça ; soudain – malgré moi je fis un pas en arrière – il tomba à genoux et baisa l'ourlet de ma robe. Geste indescriptible : je tremblais de tout mon corps devant son bouillonnement incontrôlé. Un étrange frisson m'envahit, je devins troublée et ne pouvais que balbutier : "Je vous remercie pour votre gratitude. Mais, je vous en prie, partez maintenant ! Ce soir, à sept heures, dans le hall de gare, nous prendrons congé."

« Il m'a regardée, les yeux mouillés d'un éclat d'émotion ; un instant, j'ai songé qu'il voulait dire quelque chose, un instant, il sembla vouloir s'approcher de moi. Mais, à nouveau, il s'inclina profondément, très profondément, et quitta la chambre. »

De nouveau, Mrs C. interrompit son récit. Elle s'était levée pour aller à la fenêtre, elle regardait dehors et resta longtemps sans bouger : je voyais osciller légèrement la silhouette de son dos qui tremblotait. D'un coup, elle fit volte-face, l'air décidé ; ses mains, jusque-là calmes et indifférentes, firent soudain un mouvement brusque, tranchant, comme pour déchirer quelque chose. Puis elle me regarda durement, presque audacieusement, et reprit d'un coup :

« Je vous ai promis d'être tout à fait sincère. Et je réalise maintenant à quel point cette promesse est nécessaire. Car c'est maintenant seulement que je m'efforce pour la première fois de décrire dans un enchaînement ordonné le déroulement complet de chaque heure et de chercher des mots clairs pour un sentiment autrefois complètement étouffé et confus ; ce n'est que maintenant que je comprends distinctement bien des choses, que j'ignorais alors ou, peut-être, que je ne voulais simplement pas savoir. C'est la raison pour laquelle je veux si strictement et fermement vous dire, ainsi qu'à moi-même, la vérité : jadis, en cette seconde où ce jeune homme a quitté ma chambre et que je suis restée seule, j'avais – ça m'est confusément tombé dessus comme un évanouissement – la sensation d'un coup brutal au cœur. Quelque chose m'avait mortellement meurtrie, mais je ne savais pas, ou je refusais de savoir de quelle manière l'attitude pourtant touchante et respectueuse de mon protégé m'avait si douloureusement tourmentée.

« Mais maintenant, comme je m'efforce d'aller chercher en moi, avec rigueur et en bon ordre, tout le passé, comme si j'y étais étrangère, et que votre présence ne souffre aucune dissimulation, aucun lâche refuge d'un sentiment honteux, aujourd'hui, je le sais distinctement : ce qui jadis m'a fait si mal, c'était la déception... la déception que… que ce jeune homme fût parti si docilement… ainsi, sans la moindre tentative de me garder, de rester à mes côtés… qu'il eût obéi, soumis et respectueux, à me première injonction de partir, au lieu… au lieu d'essayer de m'attirer à lui… qu'il m'eût seulement vénérée comme une sainte apparue sur son chemin… et qu'il… qu'il ne m'eût pas considérée comme une femme.

« C'était pour moi une déception… une déception que je ne me suis pas avouée à moi-même, ni naguère, ni ensuite ; mais le sentiment d'une femme sait tout, sans mot ni conscience. En effet… maintenant, je cesse de me tromper – si cet homme m'avait alors enlacée, s'il me l'avait jadis demandé, je serais partie avec lui jusqu'au bout du monde, j'aurais déshonoré mon nom et celui de mes enfants… je serais, indifférente au qu'en-dira-t-on et à la raison intérieure, partie avec lui, à l'instar de cette madame Henriette avec le jeune français que, la veille, elle ne connaissait pas encore… je n'aurais demandé ni où ni combien de temps, je ne me serais jamais retournée pour jeter le moindre regard sur ma vie passée… j'aurais sacrifié mon argent, mon nom, ma fortune, mon honneur pour cet homme… je serais allée mendier, et sans doute n'y a-t-il pas de bassesses en ce monde auxquelles il n'eût pu me contraindre. Tout ce qu'on nomme honte et considération entre nous, je l'aurais rejeté, s'il s'était approché d'un pas de moi et qu'il avait prononcé un seul mot, s'il avait essayé de me toucher, tant j'étais abandonnée à lui en cette seconde. Mais… je vous l'ai déjà dit… cet être singulièrement abasourdi n'a jamais plus posé son regard sur moi ni sur la femme en moi… pourtant… à quel point je brûlais, je brûlais ardemment de me donner à lui, je ne l'ai ressenti qu'en étant seule avec moi-même, lorsque la passion qui attisait encore son visage radieux, simplement séraphique, retomba obscurément en moi et pesa alors de tout son poids dans le vide d'une poitrine délaissée. Je me suis relevée avec peine, ce rendez-vous en était d'autant plus déplaisant. J'avais l'impression que mon front était coiffé d'un lourd casque de fer oppressant, sous le poids duquel je vacillais : mes pensées s'effritaient, mes pas étaient incertains lorsqu'enfin je suis allée auprès de miens dans cet autre hôtel. Là, je me suis assise penaude au milieu d'une causerie animée, et j'étais saisie d'effroi lorsque fortuitement mon regard se leva et vit leurs visages inexpressifs, qui me semblaient être des masques ou figés par la glace, en comparaison du sien, animé des lumières et des ombres d'un jeu de nuages. Il me semblait que j'étais assise parmi des cadavres bruyants, tant cette société conviviale était atrocement sans vie ; et tandis que je mettais du sucre dans ma tasse et qu'absente, je prenais part à la conversation, ne cessait de s'élever à l'intérieur de moi, comme poussé par l'afflux de mon sang, ce visage dont la contemplation m'était devenue une joie ardente et que – quelle effroyable pensée ! – je devais voir pour la dernière fois dans une ou deux heures. Je devais avoir laissé échapper un léger soupir ou un léger gémissement incontrôlé puisque soudain, la cousine de mon époux se pencha vers moi pour me demander ce qu'il m'arrivait, si je me sentais mal car j'étais pâle et j'avais l'air tourmentée. Cette question inattendue m'aida alors, rapidement et sans peine, à prétexter une migraine qui me faisait souffrir et à demander la permission de me retirer discrètement.

« Ainsi rendue à moi-même, je me suis hâtée sans plus attendre vers mon hôtel. Et à peine m'y suis-je retrouvée seule que je fus encore saisie par ce sentiment de vide, de déréliction, et ardemment étreinte par le désir de ce jeune homme qu'il me fallait aujourd'hui quitter à jamais. J'allais et venais dans la chambre, j'ouvrais les tiroirs sans raison, changeais de tenue et de

71

rubans, pour me retrouver soudain devant le miroir, le regard examinateur, me demandant si, ainsi attifée, je ne pourrais alors accrocher le sien. Et, brusquement, je me suis comprise : tout, sauf le laisser ! Et en l'espace d'une seconde impétueuse, ce souhait est devenu une résolution. Je dévalais les escaliers pour me rendre auprès du concierge et lui fis part de mon départ par le train du soir même. Pour l'heure, il fallait agir rapidement : je sonnai la femme de chambre afin qu'elle m'aidât à boucler mes bagages – le temps était compté : et tandis qu'ensemble nous entassions à qui mieux mieux, à la hâte, vêtements et petits objets courants, je rêvais à ce que serait cette surprise ; comment je l'accompagnerais au train puis, au dernier, au tout dernier instant, alors qu'il m'aurait déjà tendu sa main en guise d'au revoir, comment je monterais dans sa voiture, provoquant son étonnement, pour être avec lui cette nuit-là, puis la prochaine – aussi longtemps qu'il me voudrait. Une manière de vertige délicieux et enthousiaste tourbillonnait dans mon sang, parfois je riais bien fort et à l'improviste, à l'étonnement de la femme de chambre, tandis que je lançais des vêtements dans la valise : je sentais que mes sens étaient chamboulés. Et lorsque le chasseur vint chercher mes bagages, je l'ai d'abord regardé étrangement, il était trop difficile de penser aux contingences matérielles alors que l'excitation m'habitait tout entière.

« Le temps pressait, il devait être près de sept heures, au mieux, il restait une vingtaine de minutes avant le départ du train – à dire vrai, je me consolais puisque je n'allais plus le voir pour des adieux, déterminée que j'étais à l'accompagner dans son voyage, aussi longtemps, aussi loin qu'il le souffrirait. Le domestique portait les valises et je me hâtais à la réception pour m'acquitter de ma note. Déjà le gérant me tendait la monnaie, déjà je voulais m'en aller lorsqu'une main se posa délicatement sur mon épaule. Je sursautai. C'était ma cousine qui, inquiète de mon prétendu malaise, était venue me visiter. Un voile sombre se déposa devant mes yeux. Je n'avais vraiment pas besoin d'elle, chaque seconde de retard signifiait un gâchis fatal et, pourtant, je me suis efforcée d'être suffisamment polie pour lui parler et lui répondre, au moins un moment. "Tu dois regagner ton lit, m'intima-t-elle, tu as sûrement de la fièvre." Et il était bien possible qu'il en fût ainsi tant mon pouls tambourinait violemment dans mes tempes, et il m'arrivait parfois de ressentir cette ombre bleue vacillante devant mes yeux, voisine de l'évanouissement. Mais je me suis défendue, me suis efforcée de paraître reconnaissante alors que chaque mot me consumait et que j'aurais de loin préféré chasser du pied sa fâcheuse sollicitude. Mais cette inquiète indésirable restait, restait, restait, me proposa de l'eau de Cologne et insista pour me passer sur les tempes le froid liquide : quant à moi, je comptais pendant ce temps chaque minute, et, ce faisant, je pensais à lui et au prétexte que je pourrais trouver pour me dérober à cette torturante sollicitude. Et plus j'étais soucieuse, plus je lui paraissais suspecte : c'est presque avec violence qu'elle voulut enfin me contraindre à regagner ma chambre pour m'y coucher. Alors, assaillie par ses sommations, j'ai vu soudainement la pendule au milieu du hall : dans deux minutes il serait sept heures et demie et le train partait à sept heures trente-cinq. Brusquement, d'un coup, avec la brutale indifférence d'une désespérée, j'ai tendu la main à ma cousine, sans autre forme de procès : "Adieu, je dois partir !" et sans prêter attention à son regard figé, sans me retourner, je me suis précipitée devant les domestiques étonnés de l'hôtel, j'ai franchi la porte, me suis ruée dans la rue et à la gare. À la gesticulation nerveuse du chasseur qui avait porté mes bagages, et déjà m'attendait avec mes effets, j'ai réalisé de loin qu'il devait être plus que temps. Furibonde, je me suis précipitée à la barrière où le contrôleur m'arrêta : j'avais oublié d'acheter un ticket. Et alors que je voulais presque violemment lui faire entendre raison afin qu'il me laissât gagner le quai, le train s'ébranla : je le fixais du regard, tremblant de tous mes membres, afin de saisir au moins encore un regard depuis une fenêtre, un geste, un salut. Mais je ne pouvais apercevoir son visage en raison de l'allure du train. Les wagons passaient de plus en plus vite et, au bout d'une minute, il ne restait plus rien devant mes yeux assombris qu'un nuage de fumée noire.

« J'ai dû rester sur place comme pétrifiée, Dieu seul sait pendant combien de temps ; le chasseur m'avait en vain adressé la parole à plusieurs reprises, avant de s'enhardir à toucher mon bras. Ce n'est qu'alors que j'ai sursauté. Il me demanda s'il devait rapporter les bagages à l'hôtel. J'eus besoin de quelques minutes pour recouvrer mes sens ; non, ce n'était pas possible, je ne pouvais pas, après ce départ ridicule, précipité, regagner l'hôtel ni ne le voulais. Jamais plus ; si bien que je lui ai intimé, impatiente d'être seule, de déposer mes bagages à la consigne. Ce n'est qu'ensuite, dans la cohue perpétuellement renouvelée des gens qui se pressaient bruyamment dans le hall et qui, de nouveau, diminua, que j'essayai de penser, de penser avec précision au moyen de me mettre à l'abri de cet étranglement désespéré, douloureux de colère, de remords et de désespoir, car – à quoi bon ne pas l'avouer ? – la pensée d'avoir par ma propre faute manqué cette dernière rencontre creusait impitoyablement un trou en moi, avec une acuité brûlante. J'aurais pu hurler tant cette lame chauffée à blanc qui me pénétrait de plus en plus impitoyablement me faisait mal. Seuls des êtres tout à fait étrangers à la passion ont peut-être, en certains moments, de tels accès aussi dévastateurs que des avalanches ou des ouragans : alors des années entières déboulent dans la poitrine, de toute la rancune de leurs forces inutilisées. Ni auparavant ni jamais je n'avais fait l'expérience d'une telle surprise ni d'une impuissance acharnée qu'en cette seconde alors que, prête au plus audacieux – prête à sacrifier d'un coup ma vie pondérée, contenue, rassise –, se trouvait soudain devant moi un mur d'absurdités contre lequel ma passion frappait impuissamment du front.

« Ce que j'ai fait ensuite, qui ne pouvait être qu'aussi insensé, c'était fou, stupide même, j'en ai presque honte de le raconter – mais je me suis promis ainsi qu'à vous de ne rien vous dissimuler – alors, j'ai… j'ai cherché à le retrouver… c'est-à-dire que j'ai recherché chaque instant passé avec lui… ça m'a attiré violemment en tous lieux où nous étions ensemble la veille, au banc dans le jardin, d'où je l'ai arraché, à la salle de jeu, où je l'ai vu pour la première fois, même dans ce bouge ; seulement pour revivre une fois de plus, une dernière fois le passé. Et, le lendemain, je voulais parcourir le même trajet en voiture sur la corniche afin que chaque mot, chaque geste se rappelât encore une fois à moi – oui, mon trouble était insensé, infantile à ce point. Mais gardez à l'esprit que ces événements m'avaient comme foudroyée – j'avais senti à peine plus qu'un unique coup, qui m'avait étourdie. Mais alors, trop brutalement réveillée de ce tumulte, je voulais recouvrer mes esprits en savourant après coup, trait pour trait, ce que j'avais vécu et qui était si fugace grâce à cette illusion magique que nous appelons le souvenir – à dire vrai, ce sont des choses que l'on comprend ou qu'on ne comprend pas. Peut-être a-t-on besoin d'un cœur brûlant pour les saisir.

« C'est ainsi que je suis d'abord allée dans la salle de jeu, pour y rechercher la table où il était assis, et là, parmi toutes les mains, m'imaginer les siennes. Je suis entrée : c'était, je le savais bien, la table de gauche dans la seconde pièce où, pour la première fois je l'avais aperçu. Chacun de ses gestes se déroulait encore distinctement sous mes yeux : somnambule, les yeux clos et les mains tendues en avant, j'aurais retrouvé sa place. Je suis donc entrée, j'ai traversé aussitôt la salle. Et là… alors qu'ayant passé la porte je tournais mon regard sur la foule… alors s'est produite une chose singulière… là, exactement à l'endroit dont je m'étais fait la représentation, là était assis – hallucinations fiévreuses ! –… lui vraiment… lui… lui… tout à fait comme je venais de le voir en rêve… tout à fait comme la veille, les yeux fixement orientés sur la bille, blême comme un spectre… mais lui… lui… assurément lui…

« C'était comme si je devais crier tant j'étais saisie d'effroi. Mais j'ai maîtrisé ma frayeur devant cette vision insensée et j'ai fermé les yeux. "Tu es folle… tu rêves… tu as de la fièvre…, me suis-je dit. C'est tout simplement impossible, tu as des hallucinations… voilà une demi-heure qu'il a quitté les lieux." Ensuite, j'ai rouvert les yeux. Mais, vision d'épouvante : tout à fait comme l'instant d'avant, il était assis là, en chair et en os, indéniablement… parmi des millions d'autres, j'aurais reconnu ses mains… Non, je ne rêvais pas, c'était bien lui. Il n'était pas parti ainsi qu'il me l'avait promis, l'insensé était assis là, il avait apporté jusqu'ici l'argent que je lui avais donné pour rentrer chez lui, jusqu'à la table verte et, irrémédiablement perdu dans sa passion, il l'avait joué, tandis qu'au comble du désespoir mon cœur se fendait pour lui.

« Un soubresaut me fit avancer : la rage remplit mes yeux, une rage furieuse où je voyais rouge, la rage de saisir à la gorge le parjure qui avait honteusement trahi ma confiance, mon sentiment, mon dévouement. Mais je me contenais encore. Avec une lenteur délibérée (que de forces m'a-t-elle coûtées !) je me suis approchée de la table, parfaitement face à lui – un monsieur me fit place poliment. Deux mètres de tissu vert nous séparaient et je pouvais regarder fixement son visage, comme d'un balcon une pièce de théâtre, ce même visage que, deux heures auparavant, j'avais vu rayonnant de gratitude, illuminé de l'aura d'une grâce divine et qui, maintenant, sombrait convulsivement dans tous les feux infernaux de la passion. Les mains, les mêmes mains que, cet après-midi encore, j'avais vues se cramponner au bois du prie-Dieu, prenaient de nouveau, crispées, l'argent alentour comme des griffes, à la manière d'un vampire luxurieux. En effet, il avait gagné, il devait avoir gagné beaucoup, vraiment beaucoup : devant lui brillait un tas désordonné de jetons et de louis d'or, de billets, un fatras chaotique, négligent, où les doigts, ses doigts tremblants et nerveux s'étiraient et se baignaient voluptueuse-ment. Je voyais comment ils tenaient et pliaient, en les caressant, les billets épars, comment ils tournaient et caressaient les pièces pour brusquement, d'un coup, en saisir une pleine poignée et la jeter au centre de l'une des cases. Et aussitôt ses narines furent reprises de ces tressaillements incessants, l'appel du croupier arracha de l'argent ses yeux brûlant d'avidité au profit de la bille bondissante, il semblait sortir de lui-même tandis que ses coudes paraissaient crucifiés à la table verte. Sa possession absolue semblait encore plus terrible, plus épouvantable que la veille au soir, puisque chacun de ses mouvements tuait en moi cet autre geste, pareil à une image brillant sur un fond d'or, que j'avais naïvement emprisonné dans mon être.

« Nous respirions tous deux à deux mètres l'un de l'autre ; je le regardais sans qu'il ne s'aperçût de rien. Il ne me regardait pas, il ne regardait personne, son regard

77

ne faisait que glisser vers l'argent, vacillait et vagabon-dait avec la bille qui roulait : tous ses sens étaient enfer-més dans ce cercle vert et furibond, et se bousculaient çà et là. Le monde entier, l'humanité entière avaient fondu pour ce drogué du jeu, en ce lieu carré et tendu de tissu. Et je savais que je pouvais rester plantée ici des heures et des heures, sans qu'il n'eût même le soupçon de ma présence.

« Mais je ne l'ai pas supporté davantage. M'étant subitement décidée, j'ai fait le tour de la table, je me suis mise derrière lui et j'ai fermement agrippé son épaule. Son regard chancela – l'intervalle d'une seconde, il me fixa comme une étrangère, les yeux vitreux, tout à fait à la manière d'un ivrogne que l'on secoue péniblement pour l'arracher à son sommeil, et dont le regard somnole encore, gris et hébété par les émanations intérieures. Puis il a semblé me reconnaître, sa bouche s'est ouverte en tremblant, il leva les yeux sur moi, l'air heureux, et il balbutia à voix basse avec une familiarité embrouillée et mystérieuse : "Ça marche bien… Je l'ai su tout de suite en rentrant et en voyant qu'il était ici… Je l'ai su tout de suite." Je ne l'ai pas compris. J'ai seulement remarqué qu'il était ivre du jeu, que ce fou avait tout oublié, son serment, son rendez-vous, l'univers et moi-même. Mais, même dans cette possession, son extase m'était si ravis-sante que, malgré moi, je me suis pliée à ce qu'il me disait et, intéressée, lui ai demandé qui était là.

« "Là, le vieux général russe à un seul bras", susurra-t-il, pressé tout contre moi afin que personne n'eût vent du secret magique. Là, celui qui a des favoris blancs et un serveur derrière lui. Il gagne toujours, déjà hier je l'avais observé, il doit avoir un système, et je mise toujours la même chose… Hier aussi, il n'a fait que gagner… j'ai seulement commis l'erreur de continuer à jouer alors qu'il partait… voilà mon erreur… il doit avoir remporté vingt mille francs hier… et aujourd'hui aussi, il gagne à tous les coups… maintenant, je mise toujours d'après lui… maintenant…"

« Au milieu de son propos, il s'interrompit soudainement, car le croupier cria son ronflant "Faites vos jeux !" et déjà son regard chancela vers l'avant, convoitant la place où le Russe à barbe blanche, grave et tranquille, était assis – avec circonspection, il posa d'abord une pièce d'or puis, en hésitant, une seconde sur la quatrième case. Aussitôt les mains furieuses devant moi se précipitèrent sur le tas et jetèrent une poignée de pièces d'or au même endroit. Et lorsqu'une minute plus tard, le croupier cria "Zéro !" et que son râteau balaya en un seul mouvement circulaire toute la table, il regarda, comme s'il s'agissait là d'un miracle, l'argent qui s'en était allé. Mais pensez-vous qu'il se serait tourné vers moi ? Non, il m'avait complètement oubliée ; j'étais chavirée, perdue, partie de sa vie, tous ses sens tendus ne faisaient que fixer le général russe qui, tout à fait indifférent, soupesait deux nouvelles pièces d'or, incertain du chiffre sur lequel il devait les placer.

« Je ne puis vous décrire mon amertume, mon désespoir. Mais représentez-vous mon sentiment : pour un homme, à qui on a donné toute sa vie, n'être pas davantage qu'une mouche, que l'on chasse avec désinvolture d'une main molle ! De nouveau, je fus en proie à cette vague de fureur. Je pris son bras si brusquement qu'il en sursauta de peur.

« "Vous allez vous lever sur-le-champ ! lui intimai-je en murmurant. Souvenez-vous de ce qu'aujourd'hui vous avez juré dans l'église, misérable parjure !"

« Il me regarda fixement, affecté et très blême. Ses yeux prirent soudain l'expression de ceux d'un chien battu, ses lèvres tremblaient. Il sembla d'un coup se souvenir de tout, et être submergé par l'horreur de lui-même.

« "Oui, oui, balbutia-t-il. Oh ! mon Dieu, mon Dieu… Oui… je viens… pardonnez-moi…"

Et déjà sa main rassemblait tout l'argent, d'abord rapidement, avec des sursauts volontaires, véhéments puis, ensuite, peu à peu indolente, comme retenue par une force opposée. Son regard était de nouveau tombé sur le général russe en train de miser.

« "Encore un instant… " Il jeta rapidement cinq pièces d'or sur la même case… "Rien que ce dernier jeu… je vous jure que je viens immédiatement… rien que ce dernier jeu… rien que celui-ci…"

« Et de nouveau sa voix s'éteignit. La bille avait commencé de rouler et l'entraînait avec elle. De nouveau, le possédé m'avait échappé ainsi qu'à lui-même, pris dans le tourbillon de la cuvette vernie où roulait et bondissait la minuscule bille. De nouveau le croupier cria, de nouveau le râteau ratissa les cinq pièces d'or devant lui ; il avait perdu. Mais il ne se retourna pas. Il m'avait oubliée, comme le serment, comme la parole qu'il m'avait donnée une minute plus tôt. Déjà sa main cupide se jetait dans le tas d'argent en train de fondre et son regard ivre ne tremblotait qu'en direction de ce qui cristallisait ainsi sa volonté, ce vis-à-vis porte-bonheur.

« Ma patience était à bout. Je le secouai une fois de plus, mais cette fois avec violence. "Levez-vous sur-le-champ ! Maintenant !… Vous avez dit, encore cette partie…"

« Mais voici qu'il se passa quelque chose d'inattendu. Il fit une brusque volte-face, mais le visage qui me regardait n'était plus celui d'une personne humble et troublée, mais celui d'un enragé, d'un fou furieux, les yeux enflammés et les lèvres tremblant de rage. "Fichez-moi la paix ! feula-t-il. Partez ! Vous me portez malchance. Toujours, dès que vous êtes là, je perds. Vous l'avez fait hier, vous recommencez aujourd'hui. Partez!"

« Un instant, je fus clouée sur place. Mais sous l'effet de sa folie, ma colère devint furieuse à son tour.

« "Je vous porte malchance? rétorquai-je. Menteur, voleur, vous qui m'avez juré de… " Cependant, impossible d'en dire davantage; le possédé bondit de sa place, me repoussa, indifférent au tumulte croissant. "Fichez-moi la paix, hurla-t-il déchaîné, je ne suis pas sous votre tutelle! Voici… voici… voici votre argent." Et de me jeter quelques billets de cent francs… "Mais maintenant, fichez-moi la paix."

« Il avait hurlé ça très fort, à la manière d'un possédé, indifférent à la centaine de gens assemblés alentour. Tous regardaient, chuchotaient, interprétaient, riaient, même de la salle voisine de nombreux curieux se pressaient. C'était comme si on m'avait arraché mes vêtements et que je me fusse tenue nue devant tous ces curieux. "Silence, Madame, s'il vous plaît!"[1] fit d'une voix haute et autoritaire le croupier en tapant de son râteau sur la table. Ils étaient pour moi, pour moi, les mots de ce médiocre personnage. Humiliée, submergée par la honte, je me tenais devant la curiosité qui susurrait et chuchotait, telle une prostituée à qui on a jeté de l'argent. Deux cents, trois cents regards insolents labouraient mon visage, et alors que… comme si je fuyais, courbée sous ce purin d'humiliation et de honte, je détournais le regard, je tombai tout droit sur deux yeux, presque tranchants de surprise – c'était ma cousine qui me regardait éberluée, bouche bée, une main levée, comme saisie d'effroi.

« Ça me fit un choc : avant même qu'elle pût bouger,

1. *Idem.*

81

se remettre de sa surprise, je me suis ruée hors de la salle : mes pas me conduisirent une fois de plus jusqu'à ce banc, ce banc sur lequel, la veille, ce possédé s'était effondré. Et aussi faible, aussi épuisée et disloquée que lui, je me suis écroulée sur le bois dur et impitoyable.

« Ça remonte maintenant à vingt-quatre ans et, pourtant, lorsque je me remémore cet instant où, fouettée à mort par son mépris, je me suis retrouvée devant mille étrangers, mon sang devient froid dans mes veines. Et je sens de nouveau avec effroi que cette substance faible, misérable, molle, qui pourtant doit être ce que nous nommons non sans morgue l'âme, l'esprit, le sentiment, ce que nous appelons la douleur, que tout cela n'est pas en mesure, même à sa plus forte période, de faire éclater complètement la chair qui souffre, le corps torturé – parce qu'on survit à de telles heures le sang palpitant, au lieu d'en mourir et de s'effondrer comme un arbre frappé par la foudre. Cette douleur ne m'avait disloqué les membres que le temps d'une convulsion, que pour un instant, si bien que je suis tombée sur ce banc, à bout de souffle, hébétée, avec pour ainsi dire le pressentiment voluptueux de l'anéantissement auquel j'aspirais. Mais comme je le disais, toute douleur est lâche et recule devant la volonté impérieuse de vivre, qui semble plus solidement accrochée à notre chair que la passion de la mort à notre esprit. Ce qui m'est inexplicable après un tel écrasement des sentiments : je me suis cependant relevée, à vrai dire ne sachant que faire. Et, d'un coup, il m'est revenu que mes bagages se trouvaient à la gare, et aussitôt je fus envahie de cette idée : partir, partir, partir, rien de plus que partir d'ici, de cet antre maudit de l'enfer. J'ai couru à la gare sans prêter attention à quiconque, j'ai demandé quand partait le prochain train pour Paris ; "À dix heures", m'a répondu le guichetier et j'ai aussitôt fait enregistrer mes bagages. Dix heures

– vingt-quatre heures exactement s'étaient donc écoulées depuis cette terrible rencontre, vingt-quatre heures si pleines de la météo changeante des sentiments les plus fous que mon monde intérieur en était disloqué. Mais, pour lors, je ne ressentais rien d'autre qu'un mot dans ce rythme tambourinant et palpitant sans relâche : partir ! Partir ! Partir ! Le pouls derrière mon front enfonçait de ses coups ce mot au plus profond de mes tempes, à la manière d'un coin : partir ! Partir ! Partir ! Partir de cette ville, partir de moi-même, rentrer chez moi, auprès des miens, retourner à ma vie passée, la mienne ! J'ai voyagé de nuit pour Paris, d'une gare à l'autre, puis directement vers Boulogne, de Boulogne à Douvres, de Douvres à Londres, de Londres jusque chez mon fils – tout cela en une course à toute vitesse, sans réfléchir, sans penser, quarante-huit heures, sans sommeil, sans paroles, sans nourriture, quarante-huit heures au cours desquelles toutes les roues martelaient seulement ce mot : partir ! Partir ! Partir ! Lorsqu'enfin, sans être attendue de quiconque, je suis rentrée dans la maison de campagne de mon fils, ils en ont tous sursauté : il devait y avoir quelque chose dans mon être, dans mon regard, qui m'a trahie. Mon fils voulait m'enlacer et m'embrasser. Je me suis courbée en arrière : la pensée qu'il pût toucher des lèvres que je considérais comme honteuses m'était insupportable. J'ai écarté toute question, demandé seulement un bain, car j'avais besoin de laver mon corps de la saleté du voyage et de tout ce qui semblait y être encore accroché de la passion de cet être possédé, indigne. Puis je me suis traînée jusqu'à ma chambre et j'ai dormi douze, quatorze heures d'un sommeil lourd, de pierre, que jamais, ni avant ni après, je n'ai connu, un sommeil grâce auquel je sais ce que ce doit être de reposer dans un cercueil, mort. Mes proches se sont occupés de moi comme d'une malade, mais leur tendresse ne faisait que

me meurtrir ; j'avais honte devant leur respect, leur sollicitude, et je devais continuellement me contenir pour ne
pas hurler soudainement à quel point je les avais trahis,
oubliés et déjà quittés, en proie à une passion folle et
insensée.

« Sans but, je suis ensuite allée dans une petite ville
française où je ne connaissais personne, car j'étais
poursuivie de l'illusion que chacun pouvait au premier
coup d'œil lire sur moi ma honte, mon changement,
tant je me sentais trahie et salie jusqu'aux tréfonds de
mon âme. Parfois, lorsque le matin je me réveillais dans
mon lit, j'étais saisie de l'angoisse terrifiante d'ouvrir
les yeux. De nouveau, le souvenir de cette nuit où je me
suis réveillée à côté d'un homme étranger, à moitié nu,
m'assaillait, et alors, je n'avais pour seul et unique souhait, comme jadis, que de mourir sur-le-champ.

« Mais finalement, le temps a un grand pouvoir et
l'âge émousse tous les sentiments de son action particulière. On sent la mort approcher, son ombre noire vous
barre le chemin, alors les choses semblent moins vives,
elles ne s'enfoncent plus si profondément dans vos sens
et perdent beaucoup de leur dangereuse véhémence. Peu
à peu, je me suis remise du choc ; et un jour, après de
bien longues années, où j'ai rencontré en société l'atta-
ché de la légation autrichienne, un jeune Polonais, qui
répondait à mes questions sur sa famille, m'a raconté
qu'un fils de l'un de ses cousins s'était suicidé d'une
balle à Monte-Carlo, dix ans auparavant ; alors je n'ai
même pas frissonné. Ça ne faisait presque plus mal :
peut-être (pourquoi nier son égoïsme ?) ça me fit même
du bien, puisqu'alors la dernière crainte était emportée,
celle de le rencontrer encore : je n'avais plus d'autre
témoin à charge que mon propre souvenir. Depuis, je
suis devenue plus paisible. Vieillir ne signifie assurément rien de plus que n'avoir plus peur de son passé.

« Et maintenant vous comprendrez également pourquoi j'en suis venue soudainement à parler avec vous
de mon propre destin. Lorsque vous défendiez Madame
Henriette et disiez avec transport que vingt-quatre
heures pouvaient tout à fait infléchir le destin d'une
femme, je me suis sentie visée : je vous étais reconnaissante parce que, pour la première fois, je me suis sentie
comme excusée. Et j'ai pensé alors : pour une fois,
confesser son âme, peut-être alors sera levé le dernier
anathème, si lourd à porter, et le regard éternellement
tourné sur le passé ; peut-être alors pourrais-je demain
aller jusqu'à cette salle de jeu et y pénétrer, cette salle
où j'ai rencontré mon destin, cette fois sans haine pour
lui ni pour moi-même. Alors la pierre qui écrase mon
âme roulera, et s'arrêtera de tout son poids sur le passé,
veillant à ce qu'il ne ressurgisse jamais. Ça m'a fait
du bien d'avoir pu vous raconter tout ça : je me sens
maintenant plus légère et presque heureuse… Je vous
en remercie. »

Ce disant, elle s'était levée soudain, je sentais qu'elle
en avait fini. Quelque peu embarrassé, je cherchais mes
mots. Mais elle avait dû sentir ma gêne et, rapidement,
elle coupa court.

« Non, je vous en prie, ne dites rien… Je ne souhaite
pas que vous me répondiez ni que vous ajoutiez quoi que
ce soit… Soyez remercié de m'avoir écoutée, et faites un
bon voyage. »

Debout en face de moi, elle me tendit la main en
guise d'adieu. Malgré moi, j'ai levé mon regard sur
son visage, et il m'a semblé magnifique, d'une manière
touchante, le visage de cette vieille dame qui se tenait
devant moi, à la fois bonne et quelque peu honteuse.
Était-ce le reflet de cette passion passée, était-ce l'émoi
qui, soudainement, embrasait d'un rouge toujours plus
vif ses joues jusqu'à ses cheveux blancs ? Mais, tout à

fait comme une jeune femme, elle se tenait là, troublée comme une demoiselle par ses pensées et embarrassée de son propre aveu. Ému malgré moi, je tenais vraiment à l'assurer de tout mon respect par un mot. Mais ma gorge était nouée. Alors je me suis penché, et j'ai baisé respectueusement sa main fanée, qui tremblait aussi légèrement qu'un feuillage d'automne.

Le Voyage dans le passé

« Te voici ! » Les bras tendus, presque écartés, il allait à sa rencontre. « Te voici », répéta-t-il, et sa voix de gravir les échelons toujours plus aigus de la surprise à la joie, tout en embrassant sa bien-aimée d'un tendre regard. « Je craignais que tu ne viennes pas !

— Vraiment ? Voilà toute la confiance que tu as en moi ? »

Seules ses lèvres s'amusaient en souriant de ce léger reproche : ses prunelles bleues, rayonnantes de clarté, étincelaient d'assurance.

« Non, pas du tout, je n'en ai pas douté – qu'y a-t-il dans ce monde de plus fiable que ta parole ? Mais imagine donc, ce que c'est sot ! – cet après-midi, soudain, de manière tout à fait inattendue, je ne sais pourquoi, j'ai été saisi d'un coup par le spasme d'une angoisse insensée : peut-être t'était-il arrivé quelque chose ? Je voulais te télégraphier, je voulais venir à toi, et alors, comme l'heure tournait et que je ne te voyais toujours pas, j'ai été déchiré par l'idée qu'une fois de plus nous pourrions nous manquer. Mais, Dieu soit loué, te voici.

— Oui, me voici », sourit-elle et, de nouveau, la prunelle de ses yeux étincela d'un bleu profond. « Me voici maintenant et je suis prête. Nous devrions y aller.

— Oui, allons-y ! » reprirent mécaniquement ses lèvres. Mais son corps inerte ne fit pas un pas, son regard tendre ne cessait de se délecter de sa présence inouïe. Au-dessus d'eux, à droite et à gauche, bruissaient les quais de la gare de Francfort, palpitant de verre et d'acier; des coups de sifflet stridents transperçaient le tumulte du hall enfumé; sur vingt panneaux, des horloges autoritaires affichaient l'heure et les minutes tandis qu'au milieu de ce tourbillon humain il ne percevait que sa seule présence, hors du temps, hors de l'espace, dans une transe singulière de possession passionnée. Enfin, elle dut le semoncer: « Il est plus que temps, Ludwig, nous n'avons pas encore nos billets. » C'est alors seulement que son regard prisonnier se libéra; empreint d'un tendre respect, il la prit par le bras.

L'express du soir pour Heidelberg était inhabituellement bondé. Leur souhait de pouvoir s'isoler ensemble grâce à leurs billets de première classe fut déçu; après une vaine inspection, ils finirent par s'installer dans un compartiment dont le seul occupant était un homme grisonnant, à moitié endormi et appuyé dans un coin. Déjà ils se réjouissaient, savourant à l'avance leur conversation intime lorsque, juste avant le signal du départ, trois messieurs ahanant entrèrent bruyamment dans le compartiment, munis d'épais dossiers; de toute évidence des avocats, si excités par le procès qui venait de se clore que leur discussion animée empêchait irrévocablement toute conversation. Ainsi, nos deux résignés restèrent l'un en face de l'autre sans se laisser aller à la moindre parole. Et lorsque l'un d'eux levait le regard, alors il voyait, survolé par les nuages sombres de lampes incertaines, le tendre regard de l'autre se tourner amoureusement vers lui.

Le train se mit en branle dans un soubresaut libérateur. Le fracas des roues étouffait, réduisait la discussion des avocats à un simple brouhaha. Puis, à-coups et tremblements s'assagirent peu à peu en un balancement rythmé ; l'oscillation du berceau de fer invitait à la rêverie. Et, tandis qu'en dessous d'eux les roues crépitantes, invisibles, couraient vers un destin que chacun meublait à sa convenance, les pensées du couple planaient en rêvant, vers le passé.

Leur première rencontre remontait à plus de neuf ans ; ensuite, ils avaient été séparés par une distance infranchissable, et ressentaient alors d'autant plus intensément la proximité silencieuse qu'ils venaient de retrouver. Mon Dieu, que c'était long, que c'était vaste, neuf ans, quatre-mille jours, quatre-mille nuits jusqu'à ce jour, jusqu'à cette nuit ! Combien de temps, combien de temps perdu, et pourtant, une seule pensée en cette seconde les ramenait au début des débuts. Comment était-ce ? Il s'en souvenait avec précision : c'est à vingt-trois ans qu'il était rentré chez elle pour la première fois, sa lèvre supérieure déjà recouverte du doux duvet d'une barbe naissante. S'étant très tôt débattu contre une enfance à l'humiliante pauvreté, ayant grandi aux tables de l'assistance publique, survenant tant bien que mal à ses besoins en exerçant les emplois de précepteur et de répétiteur, il était aigri par le temps, les privations et le pain sec. Économisant, la journée, des pfennigs pour acheter des livres, poursuivant ses études la nuit, les nerfs fatigués et tendus de spasmes, il était sorti premier de ses études de chimie, et, chaudement recommandé par son professeur, il était arrivé chez le célèbre conseiller privé G., directeur de la grande usine de Francfort-sur-le-Main. Là, on le chargea d'abord de travaux subalternes dans le laboratoire, mais bientôt, s'étant aperçu de la ténacité et du sérieux du jeune homme, qui, avec toute la force contenue dans sa volonté fanatique, se consacrait profondément à son travail, le conseiller commença à s'intéresser particulièrement à lui. Pour le mettre à l'épreuve, il le chargea de travaux aux responsabilités de plus en plus importantes, dont il s'emparait avec avidité, y voyant la possibilité d'échapper aux basses-fosses de la misère. Plus on l'accablait de travail, plus sa volonté se tendait avec énergie : ainsi est-il passé en très peu de temps du rang d'auxiliaire parmi tant d'autres à celui d'assistant aux expériences les mieux gardées, puis de « jeune ami », comme aimait enfin l'appeler le conseiller avec bienveillance. Car, sans qu'il le sût, un regard inquisiteur de fin connaisseur l'observait derrière la porte tapissée de la direction, et, tandis que l'ambitieux croyait vaincre avec fureur son quotidien, son directeur, presque toujours invisible, lui arrangeait déjà un avenir radieux. Souvent à demeure, voire parfois cloué au lit en raison d'une très douloureuse sciatique, voilà des années que l'homme vieillissant cherchait un secrétaire particulier à la fiabilité absolue et à l'esprit suffisamment bien fait, avec lequel il pourrait s'entretenir des brevets les plus secrets et des expériences menées dans une discrétion impérieuse : enfin ! il semblait l'avoir trouvé. Un jour, le conseiller alla voir le jeune homme étonné pour lui faire une proposition inattendue : ne voulait-il pas, pour être plus proche de lui, délaisser sa chambre meublée des faubourgs et prendre ses appartements dans sa vaste villa en qualité de secrétaire particulier ? Le jeune homme fut étonné d'une proposition si déconcertante, mais le conseiller le fut davantage encore lorsque celui-là, après une journée de réflexion, déclina tout bonnement son offre – dissimulant maladroitement la brutalité de son refus derrière des prétextes fallacieux. Éminent savant, le conseiller n'avait cependant que trop peu d'expérience concernant les choses de l'âme pour saisir la raison réelle de ce déni, et il se peut même que le jeune homme opiniâtre ne s'avouât pas son sentiment réel. Ce n'était rien d'autre qu'une fierté furieusement exacerbée, la pudeur blessée d'une enfance passée dans les affres de la misère. Ayant grandi comme précepteur dans les maisons humiliantes de riches parvenus, être amphibie sans nom, entre les domestiques et les familiers, qui en était sans en être, un ornement tels les magnolias à proximité de la table, que l'on exposait ou remisait, selon l'envie, il avait l'âme emplie de haine contre la haute société et son milieu, les meubles lourds et massifs, les chambres au faste écrasant, les repas abondants tant et plus, toute cette richesse à laquelle on souffrait seulement qu'il prît part. En ces lieux, il avait tout enduré ; les offenses d'enfants insolents et la compassion plus offensante encore de la maîtresse de maison lorsqu'à la fin du mois elle lui glissait quelques billets, les regards à l'ironie méprisante des bonnes, toujours cruelles à l'égard d'un serviteur mieux loti, lorsqu'il arrivait dans une nouvelle maison avec son lourd coffre de bois et qu'il devait entasser dans une malle qu'on lui prêtait son unique costume, ses vêtements au gris délavé, ces signes de pauvreté qui ne trompaient pas. Non, jamais plus, s'était-il promis, ne jamais retourner dans une maison étrangère, dans la richesse, avant qu'elle ne fût sienne, ne plus jamais se faire lorgner pour sa pauvreté ni blesser par des cadeaux abjects. Jamais plus, jamais plus. Extérieurement, son titre de docteur et un manteau bon marché, néanmoins imperméable, camouflaient la bassesse de son extraction ; au bureau, son travail dissimulait la blessure purulente de sa jeunesse honnie, suppurante de pauvreté et d'aumône – non, à aucun prix il ne voulait vendre cette poignée de liberté, cette impénétrabilité de sa vie. C'est pour cela qu'il refusa la proposition honorifique, au risque de gâcher sa carrière sous des prétextes fallacieux.

Mais bientôt, des circonstances imprévues ne lui laissèrent plus le moindre choix. Les souffrances du conseiller s'aggravèrent tant qu'il lui fallut rester au lit pendant plus longtemps, et qu'il se trouva dans l'impossibilité de téléphoner au bureau. Ainsi un secrétaire particulier devint une nécessité incontournable et il ne pouvait plus se dérober à l'offre de son protecteur renouvelée avec insistance, sous peine de perdre sa place. Dieu sait que ce déménagement lui fut une démarche pénible : il se souvenait précisément encore du jour qu'il toucha pour la première fois le bouton de sonnette de cette villa élégante, quelque peu désuète, de la Bokkenheimer Landstrasse. La veille, avec ses maigres économies – sa vieille mère et deux sœurs d'une ville perdue de province rongeaient ses modestes subsides – il s'était acheté de nouveaux habits, un costume noir passable, de nouvelles chaussures, afin de ne pas révéler trop manifestement son indigence ; cette fois, c'était un portefaix qui transportait son horrible coffre, qu'il détestait en raison des nombreux souvenirs qu'il recelait, en plus de ses effets : puis le malaise obstrua sa gorge comme du brouet, lorsqu'un serviteur ganté de blanc vint cérémonieusement lui ouvrir et que, sitôt dans le hall, les lourdes émanations chargées de richesse l'assaillirent. L'attendaient là de profonds tapis qui absorbaient ses pas, des tapisseries tendues dès l'antichambre qui appelaient des regards solennels, des portes sculptées aux lourdes poignées de bronze, de toute évidence non pas actionnées par les mains des hôtes, mais par de serviles serviteurs à l'échine courbée : toutes ces choses, à la fois enivrantes et hostiles, écrasaient son amertume opiniâtre. Et lorsqu'ensuite le domestique le conduisit dans la chambre d'amis à trois fenêtres, destinée à devenir sa propre chambre, il fut submergé du sentiment d'être un intrus qui n'était pas à sa place : lui, hier encore dans une chambrette ouverte aux quatre vents du quatrième étage, meublée d'un lit en bois et d'une cuvette en fer, il fallait qu'il se sentît ici chez lui, où le moindre objet, au faste insolent et orgueilleux de sa valeur pécuniaire, le regardait railleusement, comme celui qui n'est que toléré. Ce qu'il avait apporté, et lui-même dans ses propres habits, se ratatinait lamentablement dans cette grande pièce lumineuse. Son unique veston s'affaissait ridiculement dans la large et replète armoire aux vêtements, tel un pendu, ses quelques affaires de toilette et son rasoir gisaient sur la grande table de toilette carrelée de marbre tels des crachats, ou tels des outils oubliés par quelque ouvrier; malgré lui, il dissimula son coffre de bois lourd et grossier sous un jeté de lit, l'enviant de pouvoir ainsi se tapir et se dissimuler, tandis que lui-même se tenait comme un cambrioleur pris sur le vif au beau milieu de cette pièce close. C'est en vain qu'il asséchait son sentiment honteux et courroucé de n'être rien, se disant qu'il n'était là que parce qu'on l'y avait sommé, contraint. Mais les pesants objets alentour n'avaient de cesse qu'ils n'eussent détruit ses arguments, il se sentait de nouveau petit, courbé et vaincu par le poids de ce monde d'argent ostentatoire, plein de morgue; serviteur, valet, écornifleur, meuble humain, acheté et qu'on se prête, dépossédé de son propre être. Et lorsque le domestique, effleurant la porte du bout des doigts, le visage figé et le maintien raide, annonça que la maîtresse de maison faisait mander monsieur le docteur, alors il sentit, traversant en courant l'enfilade des pièces, que pour la première fois depuis belle lurette son allure s'affaissait, son échine se courbait pour une révérence servile et qu'en lui renaissaient l'incertitude et le trouble d'un enfant.

Mais à peine se trouva-t-il pour la première fois en sa présence, que cette crampe intérieure se défit agréablement : et avant même que son regard, tendu vers le haut en raison de sa posture courbée, n'embrassât le visage et la silhouette de son interlocutrice, il accueillit ses paroles sans pouvoir s'y dérober. Et ces premiers mots étaient empreints de reconnaissance, prononcés avec tant de sincérité et de gratitude que tous les nuages de mauvaise humeur se dissipèrent en lui, touchant droit au but son sentiment aux aguets. « Je vous remercie mille fois, docteur », et de lui tendre une main aimable, « d'avoir enfin donné suite à l'invitation de mon époux, et j'espère avoir bientôt l'occasion de vous témoigner ma sollicitude. Ça n'a pas dû être aisé pour vous : on ne renonce pas facilement à sa liberté, mais peut-être le sentiment d'avoir obligé deux personnes au plus haut point vous apaisera-t-il. Pour ma part, c'est de tout mon cœur que je m'efforcerai que vous vous sentiez ici chez vous. » Quelque chose avait éveillé son attention. D'où tenait-elle qu'il ne renonçait pas aisément à sa liberté ? Pourquoi, du premier mot, appuyait-elle sur sa blessure, l'endroit le plus à vif et le plus sensible de son être, juste à cet endroit palpitant de l'angoisse de perdre sa liberté et de n'être que toléré, loué, payé ? Comment avait-elle, du premier mouvement de la main, chassé de lui tout cela ? Malgré lui, il leva les yeux sur elle, et remarqua alors son regard chaleureux et prévenant qui cherchait le sien avec confiance.

Une manière de douceur sûre, de sereine conscience de soi, quelque chose de calme émanait de ce visage, une clarté irradiait de son front pur, qui, encore auréolé de jeunesse, portait presque prématurément la raie grave de la matrone, d'épais cheveux sombres tombant en profondes vagues, tandis qu'à partir du cou, une robe sombre également enveloppait ses épaules rondes : ce visage en paraissait d'autant plus radieux, dans sa lumière calme. Elle avait l'air d'une madone bourgeoise, des airs de nonne à cause de sa robe boutonnée jusqu'au cou, et la bonté conférait à chacun de ses mouvements une aura maternelle. Alors elle s'avança d'un pas, un mouvement empreint de délicatesse, et de son sourire elle déroba son merci sur ses lèvres tremblantes. « Une seule demande, la première de cette première heure. Je sais que vivre ensemble, lorsqu'on ne se connaît pas depuis longtemps, pose toujours problème. Une seule chose peut y remédier : la franchise. Aussi je vous demande, si vous vous sentez oppressé à quelque occasion que ce soit, ou gêné par une quelconque disposition ou quelque arrangement, de vous en confier ouvertement à moi. Vous êtes l'aide de mon mari, je suis son épouse, ce double devoir nous lie tous les deux : soyons alors francs l'un envers l'autre. »

Il lui prit la main : le pacte était scellé. Et dès cet instant, il se sentit lié à la maison : le luxe des pièces ne l'accablait plus avec autant d'hostilité, au contraire même, il le ressentit immédiatement comme l'écrin indispensable de l'élégance qui, ici, transformait en harmonie ce qui ailleurs l'oppressait avec malveillance, confusion, adversité. Peu à peu il s'aperçut qu'en ces lieux une manière de sens artistique raffiné assujettissait le luxe à un ordre supérieur et qu'imperceptiblement ce rythme feutré de l'existence pénétrait dans sa propre vie, même dans ses paroles. Il se sentit singulièrement apaisé : tous les sentiments pointus, véhéments et passionnés perdirent en méchanceté, en irritation, c'était comme si les épais tapis, les tapisseries aux murs, les voilages colorés aspiraient secrètement la lumière et le bruit de la ruelle, et il sentit également que cet ordre éthéré ne naissait pas *ex nihilo*, mais qu'il provenait de la présence de cette femme silencieuse, au sourire toujours bienfaisant. Et ce qu'au début il avait ressenti comme de la magie lui apparut avec lucidité au cours des semaines et des mois qui suivirent : avec une élégance discrète, cette femme l'introduisit, sans qu'il le ressentît comme une contrainte, dans le cercle des intimes de la maison. Protégé, mais non surveillé, il ressentait une attention bienveillante s'exercer autour de lui, comme de loin : sitôt après qu'il les eût laissés entendre, ses plus petits désirs étaient comblés par de si discrets lutins qu'il n'était pas possible de leur rendre grâce. Qu'un soir il eût admiré sans réserve le *Faust* de Rembrandt, en feuilletant un album de précieuses gravures, alors deux jours plus tard, il en trouvait une reproduction encadrée au-dessus de son bureau. Qu'il eût mentionné un livre, dont un de ses amis avait fait l'éloge, alors il le trouvait fortuitement les jours suivants sur les rayons de la bibliothèque. Malgré lui, sa chambre prenait les formes de ses désirs et de ses habitudes : souvent, il ne remarquait nullement quels détails avaient changé, il observait simplement que la chambre était devenue plus confortable, plus colorée et plus chaude, jusqu'à ce qu'ensuite il réalisât fortuitement que la couverture orientale brodée qu'il avait un jour admirée dans une vitrine recouvrait son ottomane, ou que sa lampe éclairait maintenant au travers d'un abat-jour de soie couleur framboise. Cette atmosphère le charmait toujours davantage : il ne quittait plus la maison qu'à contrecœur ; d'autant qu'il y avait trouvé, en la personne d'un garçonnet de onze ans, un ami passionné qui aimait beaucoup l'accompagner, ainsi que sa mère, au théâtre ou aux concerts : sans qu'il le sût, tout ce qu'il faisait lorsqu'il n'était pas au travail prenait place dans le doux clair de lune de sa paisible présence.

Dès leur première rencontre, il avait aimé cette femme ; mais bien que ce sentiment le submergeât d'une passion absolue jusque dans ses rêves, il lui manquait cependant l'élément décisif qui l'ébranlerait, c'est-à-dire la claire conscience que ce qu'il dissimulait, en guise d'échappatoire, sous les noms d'admiration, de respect et d'attachement, n'était rien d'autre que de l'amour, un amour fanatique, enragé, et absolument passionné. Mais, au fond de lui, une sorte de servilité assombrissait violemment cette conscience : tant cette femme radieuse, telle une étoile, cuirassée de richesses, lui semblait lointaine, trop haute, trop éloignée de toutes les autres femmes qu'il avait connues jusque-là. Il aurait ressenti comme blasphématoire de la considérer comme assujettie au sexe et à la même loi du sang que les quelques autres femmes de sa jeunesse d'esclave : cette servante de ferme qui avait un jour ouvert sa porte au précepteur, curieuse de voir si l'étudiant s'y prenait différemment que le cocher ou le valet, ou cette couturière rencontrée dans la pénombre des becs de gaz en rentrant chez lui. Non, c'était différent. Elle rayonnait d'une autre sphère, où il n'y avait pas de désir, pure et intouchable, et même le plus passionné de ses songes n'osait la dévêtir. Troublé comme un enfant, il était suspendu au parfum de sa présence, savourant chacun de ses mouvements comme une musique, bienheureux de sa confiance et profondément effrayé de lui trahir quelque chose du sentiment profond qui l'animait : un sentiment encore sans nom, mais formé depuis longtemps déjà et ardent sous son voile.

Mais l'amour ne devient vraiment réel qu'à partir du moment où il cesse de planer, douloureux et sombre, à l'état embryonnaire, au plus profond des entrailles, où il ose se nommer, s'avouer par le souffle et les lèvres. Un tel sentiment a bien du mal à se métamorphoser en chrysalide ; mais il advient toujours un événement pour, soudain, transpercer le cocon enchevêtré puis le faire chuter du plus haut sommet dans l'abîme le plus profond, et s'écraser dans le cœur effrayé avec une violence décuplée. C'est ce qu'il s'est passé, bien tardivement, au cours de la seconde année de son installation.

Un dimanche, le conseiller l'avait convoqué dans son bureau : qu'inhabituellement, après de brèves salutations, il eût fermé la porte tapissée derrière eux et qu'il eût donné l'ordre de n'être pas dérangé, y compris par le téléphone de la maison, déjà cela annonçait de toute évidence une entrevue particulière. Le vieil homme lui proposa un cigare, prit son temps pour l'allumer, comme s'il voulait gagner du temps avant une discussion manifestement préparée avec minutie. Il commença d'abord par le remercier chaleureusement pour ses services. À ces égards, il avait plus que comblé sa confiance et son affection, jamais il n'avait eu à regretter de lui avoir confié jusqu'à ses affaires les plus intimes, à lui qu'il ne connaissait que depuis peu. Voilà qu'hier une nouvelle importante lui était parvenue de son entreprise outre-mer et il n'hésita pas le moins du monde à lui en faire part : le nouveau procédé chimique dont il avait connaissance exigeait de grandes quantités d'un minerai particulier, et un télégramme venait de lui apprendre qu'on avait trouvé au Mexique d'importants gisements de ce métal. L'essentiel désormais était de les acquérir rapidement au profit de l'entreprise, d'organiser sur place l'extraction et l'exploitation, avant que des entreprises américaines ne se saisissent de l'occasion. Cela exigeait un homme sur lequel on pouvait compter, jeune et dynamique par ailleurs. Pour lui, personnellement, être privé d'un homme de confiance et d'un assistant fiable était un coup douloureux : néanmoins, il avait considéré comme étant son devoir, lors d'une réunion du conseil d'administration, de le proposer comme le plus qualifié et le seul qui convînt. À titre personnel, il était dédommagé par la certitude d'avoir pu lui garantir un avenir brillant. Dans les deux années qui suivraient son installation, il pouvait non seulement, grâce à son importante rétribution, s'assurer une petite fortune, mais encore, lors de son retour, on lui réservait un poste de direction dans l'entreprise. « Surtout », conclut le conseiller, lui tendant la main pour lui souhaiter bonne chance, « j'ai le pressentiment qu'un jour vous occuperez mon fauteuil, et que vous achèverez ce que le vieil homme que je suis a commencé depuis trois décennies. »

Une telle demande, tombant subitement d'un ciel clair, comment ne pouvait-elle pas chavirer un ambitieux ? La voici enfin la porte, comme défoncée par une explosion, qui devait l'arracher aux basses fosses de la pauvreté, au monde sans lumière de ceux qui servent et obéissent, à l'échine toujours courbée de l'homme contraint de penser avec modestie : cupide, il fixait les papiers et les télégrammes où, peu à peu, les signes hiéroglyphiques traçaient les contours larges et imprécis de son plan ambitieux. Des chiffres s'abattirent soudain sur lui avec violence, des milliers, des centaines de milliers, des millions à administrer, à compter, à gagner ; l'atmosphère enflammée du pouvoir dominateur où il s'élevait soudain, enivré et le cœur battant, comme s'il était dans un ballon merveilleux, l'arrachait aux sphères viles et étouffantes de son existence. Et, plus que tout, ce n'était pas seulement l'argent, ni les affaires, ni la volonté d'entreprendre, de jouer, ni les responsabilités – non, quelque chose d'incomparablement séduisant s'empara de lui à cet instant, avec concupiscence. Là-bas, c'était concevoir, créer, de lourds devoirs, un travail de démiurge que d'arracher aux montagnes des roches qui, depuis des millénaires, somnolaient d'un sommeil insensé sous la croûte terrestre, que d'y creuser des galeries, d'y fonder des villes aux habitations prospères, aux rues toujours plus longues, aux machines de forage et aux grues tournoyantes. Derrière les arides broussailles de ses calculs commencèrent à éclore, à la manière de fleurs tropicales, des choses fantastiques et pourtant bien concrètes, des fermes, des ranches, des usines, des magasins, un nouveau morceau du monde des hommes qu'il devait créer au milieu de nulle part, ordonnant et commandant. L'air marin, teinté de l'ivresse du large, s'engouffra subitement dans le petit bureau capitonné, les chiffres s'envolèrent pour atteindre des sommes astronomiques. Et, dans un vertige de plus en plus incandescent d'enthousiasme, qui donnait à chaque résolution l'allure tremblante d'un essaim, tout fut décidé dans les grandes lignes, et on s'accorda même sur les contingences pratiques. Un chèque d'un montant inattendu pour lui, destiné à couvrir les frais du voyage, se froissa soudain dans sa main, et une fois renouvelés les vœux de réussite, le départ pour le prochain vapeur de la ligne du sud fut arrêté à dans dix jours. Encore brûlant du tourbillon des chiffres, chancelant sous l'ouragan des possibilités bouleversantes, une fois franchie la porte du bureau, il était resté une seconde hagard, regardant autour de lui, afin de s'assurer que toute cette discussion n'avait pas été la seule fantasmagorie de ses vœux exacerbés. Un battement d'aile l'avait tiré des profondeurs et transporté dans la sphère étincelante de l'accomplissement : son sang battait encore à tout rompre d'une ascension si tempétueuse, et, un instant, il lui fallut clore les yeux. Il les ferma comme on prend une profonde respiration, pour se retrouver seul, vraiment tout seul avec lui-même, pour savourer plus intensément, plus puissamment son moi intérieur. Ça dura une minute ; et ensuite, lorsqu'il rouvrit les yeux, comme revitalisé, et que son regard parcourut l'antichambre familière, il achoppa fortuitement à un portrait suspendu au-dessus de la large porte : son portrait. Les lèvres paisiblement arrondies, délicatement mi-closes, elle le regardait, à la fois souriante et profondément absorbée, comme si elle avait compris le moindre mot de son soliloque intérieur. Et alors, en cette seconde, le foudroya soudain la pensée oubliée qu'accepter cette place signifiait également quitter cette maison. Mon Dieu, la quitter, elle : comme un poignard, ça déchira la voile orgueilleusement gonflée par son allégresse. Et en cette seconde de surprise incontrôlée, toute la charpente de son château artificiel, de cette illusion, s'effondra sur son cœur, et, pris d'une brusque palpitation au plus profond de son âme, il ressentit avec quelle douleur, presque mortelle, cette pensée d'en être privé le déchirait. Elle, mon Dieu, la quitter, elle : comment avait-il pu y songer, s'y résoudre, comme s'il s'appartenait encore, comme s'il n'était pas emprisonné ici, par sa présence, par toutes les entraves et les racines de ses sentiments ! Ça éclata avec violence, une douleur élémentaire, évidente, un spasme physique, un coup à travers le corps entier, depuis le sommet du crâne jusqu'au fondement du cœur, une déchirure qui élucidait tout, à la manière d'un éclair dans un ciel nocturne : et, dans cette lumière aveuglante, il aurait été vain de ne pas admettre que chaque nerf, chaque fibre de son être bourgeonnait d'amour pour elle, sa bien-aimée. Et à peine eût-il, sans un son, prononcé le mot magique, qu'avec cette rapidité inexplicable qui ne peut être galvanisée que par un effroi extérieur, d'innombrables petites associations et réminiscences traversèrent sa conscience en scintillant, laquelle illuminait son sentiment d'une lueur aveuglante, des détails que jusqu'alors il n'avait osé s'avouer ou expliquer. Et maintenant seulement il savait à quel point il s'était abandonné à elle depuis des mois déjà.

N'était-ce pas au cours de cette semaine de Pâques, où elle était partie chez des parents pour trois jours, pendant laquelle il titubait de chambre en chambre, incapable de lire un ouvrage, bouleversé sans se demander pourquoi – puis ensuite, au cours de cette nuit où elle devait rentrer, n'avait-il pas attendu jusqu'à une heure du matin, pour entendre son pas ? N'avait-il pas, à bien des reprises et en proie à une impatience nerveuse, dévalé les escaliers afin de voir si sa voiture n'arrivait pas ? Il se souvenait du frisson froid de ses mains jusqu'à sa nuque lorsque fortuitement, au théâtre, sa main avait frôlé la sienne : des centaines de ces petites images vibrantes, des bagatelles qu'il avait à peine perçues, assaillaient maintenant sa conscience en mugissant, comme à travers des écluses éventrées, assaillaient son sang, et toutes lui allaient directement au cœur. Il lui fallut y poser sa main, tant il battait fort, et, alors, rien ne pouvait plus l'aider que de cesser de se débattre davantage, que de reconnaitre ce que son instinct à la fois timide et respectueux avait laissé dans les ténèbres si longtemps, avec toutes sortes de masques de prudence : il ne pouvait pas vivre davantage hors de sa présence. Deux ans, deux mois, même deux semaines sans cette douce lueur sur son chemin, sans les agréables conversations vespérales – non, non, ça ne lui était pas supportable. Et ce qui l'avait encore comblé de fierté dix minutes auparavant, cette mission au Mexique, cette ascension pour un pouvoir démiurgique, en une seconde, tout cela avait été réduit à néant, avait éclaté comme une bulle de savon scintillante, ça ne signifiait plus qu'éloignement, distance, cachot, ban, exil, anéantissement, une séparation à laquelle il ne survivrait pas. Non, ce n'était pas possible – déjà sa main se tendait en tremblant vers la poignée, il voulait retourner dans ce bureau, annoncer au conseiller qu'il renonçait, qu'il ne se sentait pas à la hauteur de cette mission et qu'il préférait rester dans cette maison. Mais alors l'angoisse le mit en garde : pas maintenant ! Ne pas trahir prématurément un secret qui venait tout juste de se révéler en lui. Et, las, il éloigna sa main fiévreuse du métal froid.

De nouveau, il regarda le portrait : les yeux semblaient le fixer de plus en plus intensément, il n'y avait que le sourire autour de la bouche qu'il ne retrouvait plus. N'avait-elle pas l'air grave, presque triste sur ce portrait, comme pour dire : « Tu as voulu m'oublier. » Il ne le supporta pas, ce regard de peinture et pourtant vivant ; il tituba jusqu'à sa chambre, sombrant sur son lit, saisi d'un sentiment particulier d'effroi, un évanouissement presque, mais étonnamment traversé par une mystérieuse douceur. Il se remémora avidement tout ce qu'il avait vécu dans cette maison depuis la première heure, et tout cela, y compris le moindre petit rien, prit alors une autre lourdeur et une autre lumière : tout rayonnait de cette lumière intérieure de l'épiphanie, tout était léger et planait dans une atmosphère chauffée par la passion. Il se remémora toutes les bontés qu'elle avait eues à son égard. Partout alentour, il y avait ses traces, il touchait du regard les objets qu'elle effleurait de la main, et tous étaient nimbés par la bénédiction de sa présence : elle était là, en ces choses, il sentait en elles ses pensées amicales. Et cette certitude des bontés qu'elle lui adressait le submergea passionnément : pourtant, il y avait dans son être, au fond de ce courant, quelque chose qui offrait de la résistance, comme une pierre, quelque chose qui n'avait pas été ôté, quelque chose qui n'avait pas été déplacé, qui devait être enlevé afin que ses sentiments pussent s'épandre en toute liberté. Avec nombre de précautions, il effleura ces ténèbres au plus profond de son être, il savait déjà ce que ça signifiait et n'osait pourtant les érafler. Et le courant ne cessait de le pousser vers ce point, vers cette question : y avait-il – il n'osait dire de l'amour – mais une inclination de sa part dans toutes ces petites attentions, une douce tendresse,

même dépourvue de passion, dans sa présence bienveillante et enveloppante ? Cette question le traversa
confusément, les lourdes vagues noires de son sang
ne cessaient de la ramener en écumant, sans parvenir
à l'entrainer plus loin. « Si seulement je pouvais m'en
souvenir distinctement ! » ressentait-il, mais les pensées
flottaient avec trop de passion, entremêlées de rêves et
de désirs insensés, et d'une douleur enfouie au plus profond de lui. Ainsi il gisait là, incapable de rien ressentir,
sur le lit, vagabondant à l'extérieur de lui-même, troublé
par un mélange étourdissant de sentiments, pendant une
heure, deux peut-être, jusqu'à ce qu'un coup délicat à la
porte ne vînt l'effrayer, un coup prudent, du bout de ses
doigts fins, qu'il pensa reconnaître. Il bondit et se rua
sur la poignée.

Debout devant lui, elle souriait. « Allons bon, docteur, pourquoi ne venez-vous pas ? On a déjà appelé
deux fois à table. »

Ç'avait presque été dit d'un ton guilleret, comme si
elle ressentait un léger plaisir à le surprendre dans un
moment de laisser-aller. Mais à peine vit-elle son visage,
ses cheveux humides en désordre, son regard fuyant et
craintif de fou, qu'elle en devînt blême.

« Pour l'amour de Dieu, que vous est-il donc
arrivé ? » balbutia-t-elle, et ce ton renversant d'effroi
suscita chez lui le désir de tout avouer.

« Non, non, se reprit-il vivement, j'étais dans mes
pensées. Toute l'affaire m'est tombée dessus trop vite.

— Quoi donc ? Quelle affaire ? Parlez, voyons !

— Vous ne savez donc pas ? Le conseiller ne vous
a-t-il pas mise au courant ?

— Non, non ! insista-t-elle avec impatience, presque
rendue folle par son regard nerveux, brûlant, fuyant.
Que s'est-il passé ? Mais dites-le moi donc ! »

Alors il banda tous ses muscles pour la regarder sans

faillir ni rougir. « Monsieur le conseiller a été assez bon pour me confier une importante mission, avec des responsabilités, et je l'ai acceptée. Je pars dans dix jours pour le Mexique – pour deux ans.

— Pour deux ans ! Pour l'amour de Dieu ! » Son effroi sortit du fond d'elle-même, chaud comme un coup de feu, plus un cri qu'un mot. Et dans un geste de défense involontaire, elle écarta les mains. C'est en vain, au cours des secondes qui suivirent, qu'elle essaya de nier le sentiment qui lui avait échappé ; déjà (comment y était-il parvenu ?) ses mains, jetées en avant par une angoisse passionnée, étaient dans les siennes ; avant qu'ils ne le réalisent, leurs deux corps tremblants s'enflammèrent, et, d'un baiser infini, ils étanchèrent les heures et les jours innombrables de soif et de désirs inavoués.

Ce n'est pas lui qui l'avait tiré à lui, ni elle à elle, ils étaient tombés l'un dans l'autre, comme emportés ensemble par une tempête, sombrant enlacés dans un inconnu insondable, et leur chute était un évanouissement à la fois doux et brûlant – un sentiment trop longtemps réfréné se déchargea, enflammé par le magnétisme du hasard, en une seule seconde. Et ce n'est que peu à peu, lorsque leurs lèvres collées se détachèrent, encore chancelant d'incertitude, qu'il plongea dans ses yeux, des yeux d'une lueur étrangère voilée d'une tendre obscurité. Et ce n'est qu'à cet instant qu'il fut happé par le courant de l'évidence ; cette femme, la bien-aimée, devait être amoureuse de lui depuis longtemps déjà, depuis des semaines, des mois, des années, le taisant délicatement, brûlante comme une mère, avant qu'une telle heure ne lui eût transpercé l'âme. Et cela précisément, ce fait incroyable, devenait maintenant une ivresse : lui, lui, aimé, et aimé d'elle, l'inaccessible – un azur infini s'étirait, zébré de lumière, zénith radieux de sa vie, qui pourtant se délita en éclats tranchants la seconde d'après. En effet, cette épiphanie était aussi un adieu.

Les dix jours qui précédaient le départ, tous deux les passèrent dans un état fanatique de fureur incessante et enivrante. L'explosion soudaine des sentiments qu'ils s'étaient avoués avait fait éclater dans un incroyable relâchement de pression toutes les digues et les inhibitions, toutes les bonnes mœurs et les précautions : à la manière d'animaux, bouillonnants et avides, ils tombaient dans les bras l'un dans l'autre, lorsqu'ils se rencontraient dans un corridor sombre, derrière une porte, dans un coin, entre deux minutes volées ; la main voulait sentir la main, les lèvres, les lèvres, le sang troublé, celui de l'autre, tout s'enfiévrait de tout, chaque nerf brûlait de sentir le pied, la main, les habits, n'importe quelle partie vivante du corps languissant. Il leur fallait pourtant se dominer dans la maison, elle devait dissimuler la tendresse qui ne cessait de l'irradier devant son époux, son fils, la domesticité, quant à lui, il devait garder son esprit vif pour les calculs, les conférences et les comptes dont il avait la responsabilité. Ils dérobaient toujours des secondes, des secondes palpitantes, scélérates, dangereusement épiées : ce n'était que des mains, des lèvres, des regards, d'un baiser avidement dérobé qu'ils pouvaient rapidement se rapprocher, et la présence sensuelle, brûlante de l'autre, ivre d'amour, les enivrait. Mais jamais ce n'était assez, tous deux le ressentaient : jamais assez. Alors ils s'écrivirent des billets incandescents, ils se glissaient dans la main, comme des écoliers, des lettres enflammées à la folie ; le soir venu, il les trouvait froissées sous l'oreiller où il ne dormait plus, elle trouvait les siennes dans les poches de son manteau et ils les achevaient toutes, d'un cri désespéré, par la question funeste : comment supporter cela, une mer, un monde, d'innombrables mois, d'innombrables semaines, deux ans qui sépareraient leur sang, leurs regards ? Ils ne songeaient à rien d'autre ni ne rêvaient à rien d'autre, et aucun d'eux n'avait de réponse, seuls les mains, les yeux, les lèvres, valets ignorants de leur passion, sautaient çà et là, désirant ardemment une union, un engagement intime. C'est pourquoi ces instants scélérats où ils se touchaient, ces étreintes frissonnantes entre deux portes entrebâillées, ces moments d'angoisse orgiaque débordaient à la fois de plaisir et de crainte.

Mais jamais il ne lui avait été permis, à cet être ardent, l'entière possession du corps aimé, qu'il sentait derrière la robe insensible, protectrice, se courber passionnément, se presser pourtant nu et chaud contre lui – jamais, dans cette maison toujours éclairée, toujours éveillée et si pleine de monde aux aguets, il ne l'avait vraiment approchée. Ce n'est qu'au dernier jour, prétextant vouloir l'aider à boucler ses bagages, mais en réalité pour pouvoir lui faire ses derniers adieux, qu'elle vint dans sa chambre déjà rangée, et, attirée irrésistiblement, vacillant sous la fureur de son élan, elle buta contre l'ottomane et tomba ; ce n'est que ce jour que ses baisers embrassèrent sa gorge cambrée sous sa robe arrachée et parcoururent avidement sa peau chaude et blanche jusqu'à l'endroit où son cœur haletant battait contre le sien. Là, dans ces minutes où elle se donnait, où elle était déjà presque sienne, son corps abandonné, là – là, elle balbutia, se libérant de son étreinte, pour demander une ultime grâce : « Pas maintenant ! Pas ici ! Je t'en prie ! »

Et son sang était encore si obéissant, si soumis au respect de sa bien-aimée si longtemps sanctifiée, qu'il refréna de nouveau ses sens déjà en émoi et s'écarta d'elle, qui se releva pantelante et se cacha le visage devant lui. Il resta tremblotant, se livrant un combat à lui-même, détournant le regard comme elle, et si visiblement en proie à la tristesse de sa déception qu'elle sentit à quel point sa tendresse malhabile était éprouvée par sa faute. Alors elle se rapprocha, de nouveau totalement maîtresse de ses sentiments, et le consola à voix basse : « Je n'avais pas le droit ici, pas ici, dans ma maison, la sienne. Mais lorsque tu reviendras, quand tu en auras envie. »

Le train s'arrêta en crépitant, crissant sous l'effet du frein qu'on actionnait. Réveillé comme un chien sous un coup de fouet, son regard émergea de ses rêveries, mais – délicieuse vision ! – elle est bien assise là, ta bien-aimée, celle qui avait été longtemps éloignée, elle est assise là, calme et à portée de souffle. Le bord de son chapeau assombrissait quelque peu son visage incliné en arrière. Mais comme si elle eût inconsciemment compris qu'il cherchait à voir son visage, elle se redressa alors, et lui adressa un doux sourire. « Darmstadt », dit-elle en regardant au dehors, « Encore une station. » Il ne répondit pas. Assis, il ne faisait que la regarder. Temps impuissant, pensait-il en lui-même, impuissance du temps contre nos sentiments : neuf années s'étaient écoulées depuis lors, et pas une inflexion de sa voix qui n'eût changé, pas le moindre nerf de tout mon corps qui ne l'écoutât différemment. Rien n'est perdu, rien ne s'est dissipé ; sa présence, comme autrefois, une tendre félicité.

Transporté, il regardait sa bouche silencieuse et souriante, qu'il pouvait à peine se rappeler avoir embrassée un jour et ses mains qui brillaient sur ses genoux, reposées et détendues : il désirait tant se pencher pour les effleurer de ses lèvres, ou les prendre, repliées, dans les siennes, une seule seconde, une seconde ! Si ce n'était ces messieurs à discuter dans le compartiment, à les toiser avec curiosité ; afin de garder son secret, il s'étendit alors en arrière, sans un bruit. De nouveau ils restaient l'un en face de l'autre, sans un geste ni un mot, seuls s'embrassaient leurs deux regards.

Dehors retentit un sifflement, le train se remit à rouler, et sa monotonie, berceau d'acier, le fit chavirer de nouveau dans ses souvenirs. Oh ! que ces années sombres étaient infinies entre jadis et maintenant, mer grise entre deux rives, entre deux cœurs ! Mais comment cela avait-il été ? Certains souvenirs se trouvaient là, qu'il ne voulait pas écorcher, pas plus qu'il ne voulait se remémorer cette heure de l'ultime adieu, cette heure sur le quai de la même ville, où, aujourd'hui il l'avait attendue, le cœur dilaté. Non, loin de moi tout cela, au rebut, ne plus y songer, c'était trop abominable. Ses pensées voletaient vers le passé, dans le passé : d'autres paysages, d'autres temps s'ouvrirent dans ses rêveries, rappelés par le rythme fracassant et soutenu des roues. Jadis, il s'était rendu au Mexique, l'âme déchirée, et les premiers mois, les premières affreuses semaines, avant de recevoir d'elle un message, il ne put les supporter qu'en se bourrant le crâne de chiffres et de projets, le corps exténué par des chevauchées à travers le pays, les expéditions, les négociations et les explorations interminables et pourtant résolument menées à leur terme. De l'aube au crépuscule, il se claquemurait dans la salle des machines de l'entreprise, où l'on martelait des chiffres, parlait, écrivait, sans cesse en activité, seulement pour entendre sa voix intérieure hurler un nom, hurler désespérément son nom. Il se grisait de travail comme d'autres d'alcool ou de poison, dans le seul but de faire taire ses sentiments irrésistibles. Chaque soir, cependant, malgré une grande fatigue, il s'asseyait pour consigner page après page, heure après heure, ce qu'il avait fait durant la journée, et, à chaque levée du courrier, il envoyait de hautes piles de feuilles à l'écriture vacillante à une adresse convenue, afin que sa lointaine dulcinée pût prendre part à sa vie, heure par heure, comme s'il était encore à ses côtés, et qu'il pût sentir son doux regard, par-delà des milliers de miles nautiques, par-delà les collines et les horizons, se poser sur son travail quotidien, comme en des lieux familiers. Dans ses lettres, elle le remerciait pour ça. D'une écriture droite et avec des mots calmes trahissant la passion, néanmoins dans une forme réservée : elles narraient avec sérieux, sans se plaindre, le déroulement de ses journées, et il avait l'impression de sentir son regard bleu assuré pointé sur lui, seul manquait son sourire, son sourire légèrement apaisant, qui enlevait son poids à toute chose grave. Ces lettres étaient devenues le pain et le vin de l'être esseulé. Il les prenait passionnément avec lui lors de ses voyages à travers les steppes et les montagnes : il avait fait coudre des poches à sa selle, afin qu'elles fussent protégées des soudaines averses et de l'humidité des fleuves qu'il devait franchir au cours de ses expéditions. Il les avait lues si souvent qu'il les connaissait par cœur, mot pour mot, ouvertes si souvent que les parties pliées en étaient devenues transparentes et certains mots effacés par les baisers et les larmes. Parfois, lorsqu'il était seul et qu'il savait qu'il n'y avait personne dans les environs, il les mettait devant lui pour les réciter mot pour mot en imitant sa voix, et pour invoquer ainsi, comme par magie, la présence de celle qui était loin. Parfois, il se relevait subitement pendant la nuit, lorsqu'il en avait oublié un mot, une phrase, une formule de politesse ; il allumait sa lampe pour la retrouver et rêver, à partir de son écriture, à sa main, et de la main, à son bras, à son épaule, à sa tête, à toute sa silhouette transportée ainsi par-delà les océans et les contrées. Et, à la manière d'un bûcheron dans la forêt vierge, il s'enfonçait avec la fureur et la force d'une brute épaisse dans le temps qui lui faisait face, sauvage et impénétrable, oppressant, tout à son impatience de la voir dans la lumière, impatient à la perspective du retour, de l'heure du voyage, celle mille fois simulée de l'étreinte des retrouvailles. Dans la cabane de bois rapidement construite, recouverte de tôle au sein de la colonie de travail nouvellement conçue, il avait accroché au-dessus du lit grossièrement assemblé un calendrier où, chaque soir, souvent dès le midi en raison de son bouillonnement, il biffait le jour écoulé, et comptait et recomptait encore la succession noire et rouge toujours plus courte de ceux qu'il devait encore endurer : 420, 419, 418 jours avant le retour. Car il ne comptait pas comme les autres personnes, à partir de la naissance du Christ, mais toujours en vue d'une heure précise ; l'heure du retour. Et dès que ce compte à rebours tombait sur un chiffre rond, 400, 350 ou 300, ou lorsque c'était son anniversaire, ou sa fête, ou toute célébration secrète, le jour qu'il l'avait vue pour la première fois, ou celui qu'elle lui avait déclaré ses sentiments, alors il organisait une sauterie pour les gens autour de lui, qui s'étonnaient et s'interrogeaient car ils ignoraient de quoi il retournait. Il offrait de l'argent aux enfants malpropres des métisses, et aux ouvriers de l'eau-de-vie afin qu'ils hurlent et bondissent comme des yearlings bruns et ombrageux ; il passait son habit du dimanche, faisait chercher du vin, ainsi que les meilleures conserves. Un drapeau flottait alors, flamme de la joie, au sommet de la hampe qu'il avait dressée, et les voisins comme les assistants arrivaient, bien curieux de savoir quel saint ou quel étrange événement il célébrait – il se contentait de sourire et disait : « En quoi ça vous concerne ? Réjouissez-vous avec moi ! »

Il en alla ainsi pendant des semaines et des mois, pendant un an il travailla comme un forcené, puis six mois encore ; il ne restait plus que sept minuscules misérables semaines avant le jour du retour. Dans son impatience démesurée, voilà longtemps déjà qu'il avait planifié sa traversée en bateau, et à l'étonnement des préposés, qu'il avait déjà réservé et intégralement payé, cent jours à l'avance, sa place en cabine à bord de l'Arcansas : c'est alors qu'est survenu ce jour catastrophique qui non seulement déchira impitoyablement son calendrier, mais encore mit en pièces des millions de destins et de pensées, en toute indifférence. Jour funeste : de bon matin, le géomètre, accompagné de deux contremaîtres et suivi d'une troupe de serviteurs indigènes avec chevaux et mulets avait grimpé dans la montagne depuis la plaine jaunie par le soufre afin d'explorer un nouveau site de forage, que l'on pensait contenir de la magnésite : durant deux jours, les métisses ont martelé, creusé, frappé et fouillé, sous les rayons verticaux d'un soleil implacable, qui se réfléchissaient une seconde fois sur eux à angle droit en frappant la pierre nue. Mais, tel un possédé, il exhortait ses ouvriers à continuer, n'accordait pas à sa langue assoiffée les cent pas jusqu'au puits creusé à la hâte – il voulait retourner à la poste, voir ses lettres, ses mots. Et lorsque le troisième jour le fond n'était pas encore atteint, la tentative pas encore concluante, il fut submergé par l'insensée passion d'avoir de ses nouvelles, par la soif de ses mots si follement exacerbée qu'il décida de chevaucher seul à travers la nuit, seulement pour aller chercher cette lettre qui devait être arrivée la veille par la poste. Sans autre forme de procès, il laissa derrière lui les autres dans la tente et galopa toute la nuit, accompagné par un unique serviteur, sur un sentier muletier rendu périlleux par l'obscurité, jusqu'à la gare de chemin de fer. Mais lorsque le lendemain ils atteignirent enfin le petit bourg, sur des chevaux écumants, frigorifiés par la rigueur glaciale des montagnes rocailleuses, ils furent surpris par le spectacle inhabituel. Les quelques colons blancs avaient quitté leur travail et ils encerclaient la gare au milieu d'un tourbillon criant, questionnant, regardant bêtement, composé de métisses et d'indigènes. Ça demandait des efforts de traverser la mêlée excitée. Là, ils apprirent alors de l'administration une nouvelle qu'ils n'attendaient pas. Des télégrammes étaient arrivés de la côte : l'Europe était en guerre, l'Allemagne contre la France, l'Autriche contre la Russie. Il ne voulait y croire, il éperonna si furieusement les flancs de sa monture chancelante que l'animal effrayé fit une ruade en hennissant, et il fila jusqu'au bâtiment du gouvernement pour y entendre de nouveau l'information qui le terrassa davantage encore : c'était vrai et pis encore, l'Angleterre avait à son tour déclaré la guerre et fermé la haute mer aux Allemands. Un rideau de fer s'était abaissé entre l'un et l'autre des continents, tranchant, pour un temps incalculable.

C'est en vain, dans sa première fureur, qu'il tapa de ses poings fermés contre la table, comme s'il voulait ainsi conjurer l'impossible : il y avait, comme lui, des millions d'hommes qui cognaient en vain contre le destin, dont les murs sont un cachot. Aussitôt, il soupesa toutes les possibilités de passer clandestinement de l'autre côté, par la ruse, par la violence, de faire échec à la mauvaise fortune – mais le consul anglais, au nombre de ses amis, présent par hasard, lui signifia en le mettant prudemment en garde, qu'il se voyait contraint, à compter de maintenant, de surveiller chacun de ses pas. Ainsi, seul le consola l'espoir, bientôt démenti par des millions d'autres hommes, qu'une telle folie ne pourrait durer longtemps, que d'ici quelques semaines, quelques mois, cette querelle de malotrus entre diplomates et généraux déchaînés serait finie. Et, bientôt, un nouvel élément donna à ce répugnant élixir à l'arrière-gout d'espoir une force encore plus enivrante, plus violemment anesthésiante : le travail. Il reçut l'ordre de la compagnie, par des dépêches câblées transitant par la Suède, de rendre son entreprise autonome et de la diriger comme une société mexicaine au moyen de quelques hommes de paille, afin de prévenir une possible mise sous séquestre. Ça exigeait la plus grande énergie pour maitriser la situation, d'autant plus que la guerre, cet impérieux entrepreneur, était avide de minerai ; l'extraction devait s'accélérer, le fonctionnement de l'entreprise s'intensifier. Ça bandait toutes ses forces, faisait résonner toutes ses pensées. Il travaillait douze, quatorze heures par jour avec un acharnement fanatique, puis, le soir venu, terrassé par ces chiffres catapultés, trop épuisé pour rêver, il sombrait inconscient dans son lit.

Et pourtant : tandis qu'il pensait que ses sentiments ne pouvaient être dirigés que dans une direction, cette tension passionnée se relâchait peu à peu, à l'intérieur de lui. Il n'est pas dans la nature humaine de ne vivre que de souvenirs, et à l'instar des plantes, et de ces autres organismes qui ont continuellement besoin de nourritures terrestres et de la lumière du soleil qu'ils filtrent perpétuellement, afin que leurs couleurs restent vives et que leurs calices ne s'étiolent pas, les rêves aussi ont besoin, y compris ceux qui semblent célestes, de nourriture charnelle, d'une aide tendre et d'images, sans quoi leur sang coagule et leur luminosité perd de son éclat. C'est précisément ce qu'il se passa chez cet être passionné, avant même qu'il ne le remarquât – lorsque pendant des semaines, puis des mois, puis une année, puis une seconde enfin, il n'eût pas reçu la moindre de ses nouvelles, pas un mot écrit, pas un seul signe, alors, progressivement, son image se mit à s'assombrir. Chaque jour passé à travailler déposait quelques petites poussières de cendre sur son souvenir ; il rougeoyait encore comme la braise sous le grill, mais finalement la plaque grise ne cessa de s'épaissir. Il lui arrivait encore de prendre les lettres, mais l'encre en était devenue blême, les mots ne le frappaient plus au cœur, et, un jour il fut saisi d'effroi en regardant sa photographie parce qu'il ne pouvait plus se souvenir de la couleur de ses yeux. Et c'est de plus en plus rarement qu'il ressortait les témoignages jadis si précieux, animés par la magie, fatigué sans le savoir de son silence éternel, de cette discussion insensée avec une ombre qui ne lui répondait jamais. Par ailleurs, l'entreprise rapidement établie avait amené là-bas des gens et des véhicules ; il cherchait de la société, des amis, des femmes. Et, lorsque dans la troisième année de guerre, un voyage d'affaires le conduisit dans la maison d'un important négociant allemand, à Vera Cruz, où il y fit la connaissance de sa fille, calme, blonde, une femme d'intérieur, il fut terrassé par l'angoisse d'une solitude éternelle, au milieu d'un monde que la haine, la guerre et la folie menaient à sa ruine. Il prit une décision rapide et épousa la jeune femme. Puis naquit un enfant, et un second, fleurs vivantes écloses sur la tombe oubliée de son amour. Alors la boucle était bouclée : à l'extérieur, une activité bruyante ; à l'intérieur, le calme du foyer, et, de l'homme qu'il avait été naguère, après quatre ou cinq ans, il ne sut plus rien.

Mais un beau jour, un jour retentissant où les carillons sonnaient à tout rompre, où les câbles de télégraphe frémissaient, et où, dans toutes les rues de la ville, des voix tonitruantes, des lettres grosses comme le poing, hurlaient l'armistice tant attendu, où les Britanniques et les Américains sur place chantaient à pleins poumons de toutes les fenêtres, avec des hourras impitoyables, l'anéantissement de sa patrie – ce jour-là, esquissée par tous les souvenirs de son pays que le malheur lui faisait de nouveau aimer, sa silhouette se rappela de nouveau à lui, se frayant un chemin jusqu'à ses sentiments. Qu'avait-il pu lui arriver au cours de toutes ces années de misère et de privation, qu'ici les journaux diluaient avec plaisir dans les grandes largeurs et une insolente activité journalistique? Sa maison à elle, sa maison à lui, avait-elle été épargnée par les révoltes et les pillages, est-ce que son époux et son fils étaient encore en vie? Au milieu de la nuit, il se leva, délaissa sa femme endormie, alluma la lumière et écrivit cinq heures durant, jusqu'à l'aube, une lettre qui n'avait pas de fin, dans laquelle, se parlant à lui-même, il lui racontait toute sa vie de ces cinq années passées. Deux mois plus tard, ayant oublié sa propre lettre, il reçut sa réponse : indécis, il soupesa dans sa main l'enveloppe volumineuse, bouleversé par cette écriture si intimement familière : il n'osa pas la décacheter tout de suite, comme si, à la manière de la boîte de Pandore, cet objet scellé contenait un interdit. Deux jours durant, il la porta dans sa poche intérieure, sans l'avoir ouverte : il lui arrivait de sentir son cœur battre contre elle. Mais la lettre, une fois décachetée, ne recelait nulle intimité cavalière, tout en évitant les froides formalités : c'est sincèrement qu'il respira dans son écriture paisible cette tendre inclination, qui, depuis le début, le réjouissait tant chez elle. Son époux était décédé, au tout début de la guerre ; pour un peu, elle n'oserait s'en plaindre, puisqu'ainsi il lui avait été épargné de voir les menaces sur son entreprise, l'occupation de sa ville et la misère de son peuple trop hâtivement saoul de ses victoires. Quant à elle et son fils, ils étaient en bonne santé, et elle se réjouissait d'avoir d'heureuses nouvelles, meilleures que celles qu'elle avait à lui transmettre. Elle le félicitait pour son mariage, sans ambiguïté et avec des paroles sincères : malgré lui, il l'écouta d'un cœur soupçonneux, mais nul

118

accent caché, sournois ne troublait son propos limpide. Tout était dit avec pureté, sans exagération ostentatoire ni attendrissement sentimental, tout leur passé était purement disloqué, se prolongeant sous forme de sympathie, leur passion élucidée dans la lumière d'une amitié cristalline. Jamais il n'aurait attendu autre chose de la délicatesse de son cœur, mais pourtant, ressentant cette manière claire et assurée (il pensa d'un coup être plongé dans son regard), grave et pourtant souriante dans un éclat de bonté, il fut subjugué par une manière d'émotion reconnaissante : il s'assit aussitôt, lui écrivit longtemps et en détail, et l'habitude, perdue depuis longtemps, de se raconter leur vie, était de nouveau devenue une évidence – ici, la tempête qui avait balayé un monde n'avait rien pu détruire.

Il lui était profondément reconnaissant de pouvoir de nouveau, par l'écrit, donner à sa vie des contours clairs. L'ascension avait réussi, l'entreprise prospérait, chez lui, les enfants grandissaient comme de tendres boutons de fleurs, se métamorphosant peu à peu en êtres plaisants, doués de parole et au regard sympathique, qui égayaient ses soirées. Et de son passé, de cet incendie de sa jeunesse, qui avait ravagé, torturé ses nuits et ses journées, ne flambait plus qu'une petite lueur, une flammèche d'amitié tranquille et généreuse, sans contraintes ni dangers. Ainsi ce ne fut qu'une pensée bien naturelle d'aller saluer en personne sa bien-aimée de naguère devenue une amie, lorsque deux ans plus tard, il avait été chargé par une compagnie américaine de négocier à Berlin des brevets de chimie. À peine arrivé à Berlin, son premier désir fut d'être mis en relation téléphonique avec Francfort depuis son hôtel : il lui avait semblé symbolique que le numéro n'eût pas changé au cours de ces neuf ans. Un bon présage, songea-t-il, rien n'a changé. Déjà retentissait insolemment la sonnerie de l'appareil sur la table, et soudain il trembla à la pensée d'entendre de nouveau sa voix après des années et des années, se propageant au-dessus des champs, des prés, des maisons et des cheminées, charmé par son timbre, proche malgré le temps, les miles de mer et de terre. Et à peine avait-il dit son nom que, soudain, dans un cri effrayé de surprise étonnée, son « Ludwig, est-ce toi ? » parvint d'abord à ses sens aux aguets, puis, frappant immédiatement plus bas, dans son cœur pour figer son sang – là, quelque chose soudain l'embrasa : il éprouvait des difficultés à parler, le léger combiné chancelait dans sa main. Le son clair et effrayant de sa surprise, ce souffle de joie, devait avoir heurté quelque nerf caché de sa vie, puisqu'il sentit son sang bourdonner dans ses tempes, et c'est avec peine qu'il comprenait ses paroles. Et sans même le savoir ou le vouloir, comme si quelqu'un le lui avait susurré, il promit ce qu'il n'avait voulu dire en aucun cas : qu'il viendrait le surlendemain à Francfort. Et avec ces mots, c'en était fini de sa tranquillité ; il expédia fiévreusement ses affaires, fonça en automobile pour clore les négociations deux fois plus vite. Et lorsque le lendemain, en se réveillant, il se souvint de son rêve de la nuit passée, il le savait : depuis des années, depuis quatre années, il avait de nouveau rêvé d'elle.

Deux jours plus tard, en approchant de sa maison au petit matin, après une nuit glaciale, annoncé par un télégramme, il remarqua subitement en regardant ses pieds : ce n'est pas mon pas, pas mon pas de là-bas, mon pas ferme, qui va droit au but, assuré. Pourquoi ai-je de nouveau ce pas du jeune homme timide et peureux que j'étais naguère, à vingt-trois ans, qui, honteux, enlève la poussière de son veston élimé, les doigts tremblants, et qui enlève ses gants neufs avant de toucher le bouton de sonnette ? Pourquoi, de nouveau, mon cœur bat-il à tout rompre, et suis-je embarrassé ? Jadis, un secret pressentiment sentait le destin derrière ces portes de cuivre, tapi pour me prendre, avec tendresse ou brutalité. Mais aujourd'hui, pourquoi dois-je courber l'échine, pourquoi cette inquiétude exacerbée ronge-t-elle de nouveau tout ce qu'il y a de plus ferme et assuré en moi ? C'est en vain qu'il essaya de se rappeler les siens, qu'il songea à sa femme, à ses enfants, à sa maison, à son entreprise, à ce pays étranger. Mais comme emporté par un brouillard fantomatique, tout cela s'assombrit : il se sentait seul et comme un obligé, comme le garçonnet gauche qu'il était en sa présence. Et sa main se mit à trembler et à brûler en empoignant la poignée de métal.

Mais à peine entré, le sentiment d'être étranger disparut, car le vieux domestique, amaigri et qui s'était asséché en lui-même, avait presque les larmes aux yeux. « Monsieur le docteur », balbutia-t-il, réprimant un sanglot. Ulysse, dut-il penser, autant bouleversé que l'autre, les chiens de la maison te reconnaissent : la maîtresse de céans te reconnaitra-t-elle également ? Mais déjà le domestique s'écartait ; les bras tendus, elle venait à lui. Un instant, les mains enlacées, ils se regardèrent. Bref et magique répit, intense : comparer, considérer, jauger, avec des pensées ardentes, une joie pudique et le bonheur des regards qui se dérobaient déjà. Alors seulement son sourire fit s'évaporer ses interrogations ; son salut confiant transforma son regard. Oui, c'était bien elle, un peu vieillie, bien sûr ; à gauche était apparue une mèche argentée, un arc dans ses cheveux toujours séparés en deux par une raie, cette touche argentée accentuait encore la quiétude, le sérieux de son visage doux et familier, et il épanchait la soif de ces années interminables en s'abreuvant à cette voix douce, que son léger dialecte lui rendait si familière et qui le saluait alors : « Comme c'est gentil de ta part, d'être venu. »

Quelle sonorité, pure et libre, comme si c'était un

diapason qu'on avait frappé! Alors, la discussion prit du rythme et de la matière, les interrogations et les histoires allaient comme la main droite et la main gauche sur un clavier, sonnantes et claires. Toute la lourdeur et l'embarras contenus avaient disparu au premier mot en sa présence. Aussi longtemps qu'elle parla, chacune de ses idées lui obéissait. Mais à peine se tut-elle soudain, émue, prise dans ses pensées, ses yeux cachés sous ses paupières, songeuse, qu'une ombre s'insinua subitement, lestement, le transperça : « N'est-ce pas les lèvres que j'ai embrassées ? » Et lorsqu'ensuite, appelée pour un instant au téléphone, elle le laissa seul dans la pièce, de partout le passé l'assaillit sauvagement. Tant que régnait sa radieuse présence, cette voix incertaine restait muette, mais maintenant, chaque fauteuil, chaque tableau avait une légère lèvre, et tous lui parlaient; chuchotement inaudible, que lui seul comprenait et percevait. J'ai vécu dans cette maison, lui fallut-il penser, quelque chose de moi y est resté, quelque chose de ces années y est encore, je ne suis pas encore tout à fait là-bas, pas encore tout à fait dans mon monde. Elle revint dans la pièce, naturellement sereine, et les objets se tapirent de nouveau. « Tu resteras pour le déjeuner, Ludwig, n'est-ce pas ? » dit-elle avec la même naturelle sérénité. Si bien qu'il resta toute la journée auprès d'elle, et, au cours de leurs discussions, leurs deux regards se portaient sur ces années passées, et c'est seulement maintenant qu'elles lui semblaient bien réelles, en les lui racontant ici. Et lorsqu'enfin il prit congé, qu'il baisa ses douces mains maternelles et qu'il eût fermé la porte derrière lui, il avait l'impression de n'avoir jamais été parti.

Mais la nuit, seul dans une chambre d'hôtel inconnue, avec uniquement le tic-tac de l'horloge à côté de lui et, au milieu de la poitrine, son cœur qui battait plus fort encore, ce sentiment d'apaisement se dissipa. Il ne parvenait à dormir, se leva et alluma, puis éteignit pour rester étendu sans fermer les yeux. Il ne pouvait s'empêcher de penser sans cesse à ses lèvres, et au fait qu'il les avait connues autrement qu'au cours de cette conversation sereine et familière. Soudain, il sut que toute cette causerie tranquille entre eux était un mensonge, qu'il y avait encore dans leur relation un je-ne-sais-quoi de non-accompli et de non-résolu, et que toute cette amitié n'était qu'un masque artificiellement posé sur un visage nerveux, fébrile, troublé par l'anxiété et la passion. Pendant trop longtemps, pendant trop de nuits, autour d'un feu de camp, là-bas dans sa cahute, pendant trop d'années, trop de jours, il s'était imaginé différemment leurs retrouvailles – se jetant dans les bras l'un de l'autre, s'étreignant avec exaltation, avec la dernière ferveur, sa robe glissant à terre – pour que cette camaraderie, cette causerie polie, cette manière de se jauger pût être tout à fait franche. Comédien, se dit-il, et comédienne, l'un vis-à-vis de l'autre, pourtant aucun ne trompe l'autre. Elle doit dormir tout aussi peu que moi, cette nuit.

Lorsqu'il alla chez elle le lendemain, son absence de contrôle, la fébrilité de son être, son regard fuyant, durent la frapper tout de suite, car sa première parole fut confuse, et, plus tard, elle ne retrouva pas l'équilibre insouciant de sa conversation. Elle montait, retombait, il y avait des pauses et des tensions, qui devaient être chassées par de violents soubresauts. Entre eux, il y avait quelque chose d'invisible contre lequel questions et réponses se brisaient, telles des chauves-souris contre un mur. Et tous deux le sentaient, de sorte que leur conversation s'en trouvât décousue, et finalement, hébétés par ces paroles prudentes qui tournaient en rond, la conversation s'épuisa. Il s'en rendit compte à temps et prétexta, lorsque de nouveau elle l'invita à déjeuner, une discussion urgente en ville.

Elle le déplora vivement et sincèrement, et alors la craintive chaleur de sa bonté s'enhardit de nouveau à mâtiner sa voix. Néanmoins, elle n'osa pas sérieusement le retenir. Tandis qu'elle le raccompagnait, ils se regardaient avec nervosité. Quelque chose crissait dans leurs nerfs, la conversation ne cessait de buter contre cette présence invisible qui, de pièce en pièce, de mot en mot, les accompagnait et qui alors, croissant violemment, les étouffait. Ainsi, ce fut pour lui un soulagement, son manteau sur les épaules, de se tenir devant la porte. Mais soudain, il se retourna vers elle, la mine résolue. « Au fait, je voulais te demander encore quelque chose, avant de m'en aller.

— Me demander quelque chose ? Volontiers ! sourit-elle, de nouveau irradiée par la joie de pouvoir combler un de ses souhaits.

— C'est peut-être idiot, dit-il le regard hésitant, mais, tu me comprendras certainement, j'aurais bien revu la chambre, ma chambre où, pendant deux ans, j'ai vécu. Je n'ai fait que rester en bas, dans les salles de réceptions, dans les pièces pour les étrangers, et vois-tu, si je partais maintenant, je n'aurais pas le sentiment d'avoir été chez moi. En vieillissant, on recherche sa propre jeunesse et on éprouve de sots plaisirs à de petits souvenirs.

— Toi, vieillir ? Ludwig, répondit-elle presque avec pétulance, ce que tu peux être coquet ! Regarde-moi plutôt, tu vois cette bande grise dans mes cheveux, là ? Tu es comme un gamin comparé à moi, et tu parles de vieillir ? Laisse-m'en le maigre privilège ! Mais quelle distraction de ma part, de ne pas t'avoir sur-le-champ conduit à ta chambre, car c'est encore ta chambre. Tu n'y trouveras rien de changé : dans cette maison, rien ne change.

— J'espère que toi non plus », s'essaya-t-il à plaisanter, mais lorsqu'elle le regarda, malgré lui son regard s'attendrit et se réchauffa. Elle rougit légèrement. « On vieillit mais on reste la même. »

Ils montèrent à sa chambre. En entrant, se produisit une situation quelque peu embarrassante : en ouvrant, elle s'était écartée pour lui céder le pas, et, à cause du même geste de politesse réciproque, leurs épaules se heurtèrent brièvement dans l'encadrement de la porte. Tous deux fient un pas de côté, effrayés, mais cette seule caresse fugace de son corps contre le sien suffit à les troubler. Sans un mot, ils furent en proie à un trouble qui les paralysa, deux fois plus perceptible dans cette pièce vide et au silence profond : nerveusement, elle se hâta aux cordons de la fenêtre pour ouvrir les rideaux, afin que davantage de lumière tombât sur l'obscurité qui auréolait les lieux. Mais à peine la luminosité était-elle rentrée dans un brusque jet que tous les objets semblaient doués de regard pour prendre vie, effrayés et inquiets. Tous s'avancèrent avec éloquence pour relayer un souvenir importun. Là, l'armoire, que ses mains toujours obligeantes rangeaient pour lui, ici, les étagères qui se remplissaient judicieusement au gré de ses désirs les plus fugaces, là-bas – s'exprimant de manière plus sensuelle encore – le lit, sous la couverture tirée duquel il savait que dormaient d'innombrables rêves. Dans le coin – la pensée lui revint, ardente – l'ottomane où jadis elle s'était arrachée à son étreinte : partout il sentait, attisés par sa passion désormais brûlante, splendide, les signes et les messages venant d'elle, la même qui se tenait à ses côtés, respirant paisiblement, violemment étrangère, au regard fuyant, insaisissable. Et ce silence épais, séquestré depuis des années qui baignait la chambre s'enflait puissamment face à la présence d'êtres humains pour, comme un souffle, noyer ses poumons et son cœur accablé. Maintenant, il fallait dire quelque chose, il fallait que quelque chose rompît ce silence, afin qu'il ne les écrasât pas – tous deux le ressentaient. Et elle le fit – dans une brusque volte-face.

« N'est-ce pas que c'est exactement comme autrefois », entreprit-elle avec la ferme intention de dire quelque chose d'anodin, d'innocent (pourtant sa voix tremblait, comme voilée). Mais il ne fit pas attention au ton contraint de cette conversation, et serra les dents.

« Oui, tout, lâcha-t-il amer, entre ses dents, pris soudain d'une rage grandissante. Tout est comme auparavant, sauf nous, sauf nous ! »

Ces paroles furent comme une morsure pour elle. Apeurée, elle se retourna.

« Que veux-tu dire, Ludwig ? » Mais elle ne rencontra pas son regard. Ses yeux, en effet, n'étaient plus accrochés aux siens, mais regardaient fixement, sans émotion et pourtant flamboyants, ses lèvres, ses lèvres que depuis des années et des années il n'avait pas touchées et dont la chair, jadis, brûlait contre la sienne, ces lèvres qu'il avait senties, intérieurement, comme un fruit humide. Gênée, elle comprit la sensualité de son regard, elle piqua un fard la rajeunissant mystérieusement, la lui rendant pareille qu'autrefois, à l'heure des adieux dans cette même chambre. De nouveau elle tenta, pour écarter d'elle ce regard pénétrant, dangereux, de mésinterpréter à dessein ce qui était une évidence.

« Que veux-tu dire, Ludwig ? » répéta-t-elle, mais c'était davantage une prière de ne pas s'expliquer qu'une question qui attendait une réponse.

Alors il eut un mouvement ferme et résolu ; viril, fort, son regard pénétrait maintenant le sien. « Tu ne veux pas me comprendre, mais je sais que, pourtant, tu me comprends. Te souviens-tu de cette chambre

– et te souviens-tu de ce que tu m'as promis dans cette chambre… lorsque je reviendrai… »

Ses épaules tremblèrent, elle essaya encore d'éluder : « Laisse donc, Ludwig… ce sont de vieilles choses, n'y touchons pas. Où sont-ils, ces temps-là ?

— En nous, rétorqua-t-il fermement, dans notre volonté. J'ai attendu neuf ans, les lèvres serrées. Mais je n'ai rien oublié. Et je te le demande : t'en souviens-tu encore ?

— Oui, le regarda-t-elle apaisée, moi non plus, je n'ai rien oublié.

— Et veux-tu – il dut reprendre son souffle afin que sa parole retrouvât sa force – veux-tu l'honorer ? »

De nouveau, elle piqua un fard, jusqu'à la racine de ses cheveux. Elle s'avança vers lui, apaisante : « Ludwig ! Rappelle-toi donc ! Tu disais n'avoir rien oublié. Mais n'oublie pas que je suis presque une vieille femme. Les cheveux gris, on n'a plus rien à espérer, on n'a plus rien à offrir. Je t'en prie, laisse le passé où il est. »

Mais comme une envie d'être dur et décidé le saisit. « Tu m'évites, la sermonna-t-il, mais j'ai attendu trop longtemps, je te demande si tu te souviens de ta promesse ? »

Sa voix vacillait à chacun de ses mots : « Pourquoi me demandes-tu ça ? Ça n'a pas de sens de te le dire maintenant, maintenant qu'il est trop tard. Mais si tu l'exiges, alors je te réponds. Il n'y a rien que je n'aurais pu te refuser, toujours, j'ai été tienne, dès le jour où je t'ai connu. »

Il la regarda : qu'elle était droite, même dans ce trouble, qu'elle était claire, et franche, sans lâcheté, sans échappatoire, toujours la même, la bien-aimée, se dominant magnifiquement en cet instant, à la fois fermée et ouverte ! Malgré lui, il s'approcha d'elle, mais à peine vit-elle l'impétuosité de son mouvement qu'elle se déroba aussitôt, l'implorant.

« Viens maintenant, Ludwig, viens, ne restons pas ici, descendons ; il est midi, à tout moment la bonne peut me chercher là, nous ne pouvons rester plus longtemps. »

Et la violence de son être fit ployer irrésistiblement sa volonté, alors, tout à fait comme jadis, il lui obéit sans piper mot. Ils descendirent à la salle de réception, traversèrent le couloir et gagnèrent la porte sans essayer de dire un mot, sans regarder l'autre. Sur le seuil, il se tourna soudain vers elle.

« Je ne peux pas te parler maintenant, pardonne-moi. Je t'écrirai. »

Elle lui sourit, reconnaissante. « Oui, écris-moi, Ludwig, c'est mieux ainsi. »

Et sitôt de retour à l'hôtel, il s'installa à son bureau et lui écrivit une longue lettre, au fil des mots, au fil des pages, transporté toujours compulsivement par cette passion répudiée. C'était son dernier jour en Allemagne pour des mois, des années, peut-être pour toujours, et il voulait, ne pouvait pas la quitter sur le mensonge de cette froide conversation, la duperie contrainte de cette présence mondaine, il voulait, il lui fallait lui parler encore une fois, seul, libéré de la maison, de l'angoisse, du souvenir et de la suffocation des pièces qui les guettaient, qui les tenaient à distance. C'est ainsi qu'il lui proposa de l'accompagner pour Heidelberg par le train du soir, où, tous deux, un jour d'il y a dix ans, ils avaient fait un court séjour, encore étrangers l'un pour l'autre, et pourtant déjà émus par l'intuition de leur intime proximité : mais, aujourd'hui, ce devait être des adieux, les derniers, les plus profonds, qu'ils réclamaient. Cette soirée, cette nuit, il les exigeait encore d'elle. Il cacheta rapidement la lettre et la lui fit porter par une estafette. Un quart d'heure plus tard, elle était de retour, une petite enveloppe scellée de jaune en main. Les doigts tremblants, il l'ouvrit, il n'y avait dedans qu'un petit billet, quelques mots de son écriture ferme et résolue, rapide et impérative cependant.

« C'est folie, ce que tu demandes, mais jamais je n'ai pu rien te refuser, jamais je ne le pourrai ; je viens. »

Le train ralentit sa course, une gare aux lumières scintillantes le contraignait à freiner. Sans le vouloir, le regard du rêveur se leva, et fouilla devant lui pour reconnaître tendrement la silhouette de ses songes, tournée vers lui, tout étendue dans le clair-obscur. Oui, c'était elle, elle, toujours fidèle, l'aimant en silence, elle était venue avec lui, à lui – il ne cessait d'étreindre ce qui était palpable dans sa présence. Et comme si quelque chose en elle avait senti de loin la recherche de son regard, cette caresse timide et embrassante, elle se redressa et regarda par la vitre derrière laquelle s'étendait un paysage incertain de printemps humide et obscur, comme de l'eau étincelante.

« Nous allons bientôt arriver, dit-elle comme pour elle-même.

— Oui, soupira-t-il profondément, ça a duré si longtemps. »

Lui-même ne savait pas si cet impatient gémissement se rapportait au voyage, ou à toutes les longues années jusqu'à cette heure : le trouble entre le rêve et la réalité bouleversait ses sentiments. Il sentait seulement qu'en dessous de lui les roues avançaient à grand fracas vers quelque chose, vers un instant, qu'il ne pouvait s'expliquer dans son étrange léthargie. Non, ne pas y penser, rien de plus que se laisser sourdement porter par une force invisible, vers quelque chose de mystérieux, inconscient, les membres relâchés. C'était une sorte d'attente de vierge, suave et sensuelle, mais également

sombrement entretissée de l'appréhension de l'accomplissement, de cette crainte mystique, lorsque, soudain,
ce qu'on a espéré si longtemps s'approche d'un cœur
transi. Non, ne pas y penser maintenant, ne rien souhaiter, ne rien désirer, seulement rester ainsi, porté en rêve
vers l'incertain, porté par des flots inconnus, ne pas se
percevoir soi-même et pourtant se ressentir, se désirer et
ne pas s'atteindre, entièrement abandonné à son destin
et ramené à sa destinée. Rester ainsi, rien de plus, des
heures encore, une éternité dans ce crépuscule éternel,
enveloppé de rêves : et la pensée que bientôt ce pouvait
être fini se manifestait, sorte d'angoisse diffuse.

Mais déjà vibraient, comme des lucioles, çà et là, en
haut et en bas, de plus en plus lumineuses, les lumières
électriques dans la vallée, des réverbères défilaient en
double rangées tracées au cordeau, les rails cliquetaient
et une coupole blême de vapeur lumineuse se bombait
dans l'obscurité.

« Heidelberg », dit en se levant un des messieurs aux
autres. Tous trois prirent leurs sacs de voyage replets
et se pressèrent hors du compartiment pour gagner la
sortie au plus vite. Déjà, avec grand fracas, sous l'action
des freins, les roues atteignaient la gare par à-coups, il
y eut une secousse brusque, saccadée, puis la vitesse
diminua, et une fois encore les roues gémirent comme
un animal torturé. Pendant une seconde, ils étaient assis
tous deux, seuls l'un face à l'autre, comme effrayés par
la soudaine réalité.

« Sommes-nous déjà arrivés ? » Sa voix, malgré elle,
trahissait son angoisse.

« Oui, répondit-il et de se lever. Puis-je t'aider ? »
Elle refusa et sortit hâtivement. Mais sur le marchepied
du wagon, elle s'arrêta encore une fois : comme si elle
se trouvait devant une eau glaciale, son pied tarda un
moment avant de descendre. Puis elle s'y décida, il la

suivait en silence. Et tous deux se trouvèrent ensuite sur le quai, l'un à côté de l'autre pour un instant, impuissants, étrangers, péniblement affectés, et la petite valise pendait lourdement dans sa main. C'est alors que la machine qui se remettait en marche expulsa en un son strident sa vapeur. Elle tressaillit, le regarda alors, blême, les yeux embrouillés et incertains.

« Qu'as-tu ? demanda-t-il.

— Dommage, c'était si beau. On voyage tellement volontiers. J'aurais bien voyagé encore des heures et des heures. »

Il se tut. Il avait pensé exactement la même chose en cette seconde. Mais maintenant, c'était fini : il fallait qu'il se passât quelque chose.

« Et si nous y allions ? demanda-t-il prudemment.

— Oui, oui, allons-y », murmura-t-elle, et c'était à peine audible. Néanmoins, ils restèrent tous deux immobiles, comme si quelque chose s'était brisé en eux. Puis seulement (il oublia de prendre son bras) ils se tournèrent, hésitants et confus, vers la sortie.

Ils sortirent de la gare, mais à peine franchie la porte, un mugissement tempétueux leur tomba dessus ; roulements de tambour, coups de sifflet stridents, tapage imposant, tonitruant – une manifestation patriotique d'associations d'anciens combattants et d'étudiants. Un mur en marche, rangs par quatre et rangs par quatre, des drapeaux qui flottaient ; des hommes à l'air martial défilaient au pas de l'oie avec fracas, en cadence, comme un seul homme, la nuque raidie en arrière, avec une détermination violente, la bouche grande ouverte pour chanter : une voix, un pas, un rythme. Au premier rang, des généraux, dignitaires aux cheveux blancs, bardés de médailles, flanqués d'une organisation de jeunesse, qui portaient dans une rigidité athlétique d'immenses drapeaux bien droits et fiers, têtes de mort, croix gammées, vieilles bannières du Reich flottant au vent ; la poitrine bombée, le front en avant, comme s'ils allaient au-devant de batteries ennemies. Poussés par un poing tacticien, masses en marche, géométriques, ordonnées, respectant précisément un écart comme tracé au compas, surveillant leur pas, tous les nerfs tendus par la gravité, le regard menaçant, et à chaque fois qu'un nouveau rang – vétérans, groupes de jeunes, étudiants – passait devant l'estrade surélevée, où les tambours battants avec opiniâtreté frappaient en rythme l'acier sur une enclume invisible, un sursaut parcourait militairement la foule de têtes : les nuques se tournaient à gauche, d'une seule volonté, d'un seul mouvement, les drapeaux, comme tirés par des cordons, s'élançaient devant le chef d'armée, qui, le visage de pierre, saluait la parade de civils. Imberbes, pubères, crevassés de rides, ouvriers, étudiants, soldats ou gamins, tous arboraient en cette seconde le même visage : le regard dur, résolu et empli de colère, le menton relevé par le défi, et faisant mine de brandir une épée. Et de troupe en troupe, la cadence des tambours crépitant, galvanisée d'autant plus par sa monotonie, martelait les dos avec fermeté, les yeux avec dureté – forge invisible de la guerre, de la vengeance, élevée sur une place tranquille, sous un ciel suave piqueté de nuages tendres.

« Folie, balbutia-t-il pour lui-même, chancelant. Folie ! Que veulent-ils ? Une fois de plus ? Une fois de plus ? »

Une fois de plus, cette guerre qui venait d'anéantir toute sa vie ? Parcouru d'un frisson qu'il ne connaissait pas, il regarda ces visages jeunes, fixa la procession de cette masse noire, les rangs par quatre, cette pellicule carrée de film qui se déroulait, sortant de l'étroite ruelle d'une boite sombre, et chaque visage qu'il appréhendait était figé dans une même amertume décidée, une menace, une arme. Pourquoi cette menace brandie avec fureur dans une douce soirée de juin, martelée dans cette ville sympathique incitant à la rêverie ?

« Que veulent-ils ? Que veulent-ils ? » Cette question ne cessait de l'étrangler. Il venait de percevoir un monde à la lumière et au son cristallins, ensoleillé de tendresse et d'amour, il venait de s'enfoncer dans une mélodie de bonté et de confiance, et soudain, là, le pas d'airain de cette masse piétinait tout, avec ces ceintures militaires, des milliers de voix, des milliers de personnalités et pourtant, une seule chose battait dans leurs cris et leurs regards : haine, haine, haine.

Machinalement, il la prit par le bras pour sentir quelque chose de chaud, amour, passion, bonté, pitié, un sentiment tendre et apaisant, mais les tambours anéantissaient son calme intérieur, et alors, tandis que les milliers de voix entonnaient de concert un nébuleux chant de guerre, que la terre tremblait sous les assauts du pas cadencé, que l'air explosait sous les soudains hurrahs de cette horde gigantesque, c'était comme si quelque chose de tendre et d'harmonieux se brisait sous l'effet du vrombissement violent de la réalité, se propageant bruyamment.

Une légère caresse à son côté l'effraya : sa main gantée, prenant délicatement la sienne, l'invitait à ne pas crisper si violemment son poing. Il tourna vers elle son regard médusé – elle le regarda suppliante, sans un mot, mais il sentait sur son bras de légers coups insistants.

« Oui, allons-y », murmura-t-il en recouvrant ses esprits. Il redressa les épaules comme pour se défendre contre une chose invisible, et en jouant brutalement des coudes, il traversa cette masse humaine compacte, qui, bouche bée comme lui-même et fascinée, regardait l'interminable défilé de ces légions militaires. Il ignorait où il se dirigeait, mais en premier lieu s'extraire de ce tumulte mugissant, partir d'ici, de cette place, où un mortier fracassant, à la cadence impitoyable, pilait en lui tout ce qu'il y avait de calme et rêveur. Être loin, rien d'autre, seul avec elle, elle seule, auréolés d'obscurité, abrités d'un auvent, sentir son souffle, pour la première fois depuis dix ans plonger dans ses yeux, sans être surveillé ni dérangé, savourer ce moment seul avec elle, annoncé par d'innombrables rêves et déjà presque emporté par cette vague humaine tourbillonnante, que ses propres cris et ses propres pas ne cessaient de submerger. Son regard parcourait nerveusement les maisons, toutes colorées de drapeaux, sur certaines des lettres d'or annonçaient un commerce, sur d'autres elles annonçaient une auberge. Soudain, le léger poids de la petite valise dans sa main lui intima de courir quelque part, pour être chez lui, seul ! S'acheter une pleine poignée de silence, quelques mètres carrés ! Et comme pour lui répondre, le nom doré et brillant d'un hôtel déboula devant lui, sur une haute façade de pierre, et il bombait son portail vitré dans sa direction. Ses enjambées se raccourcirent, son souffle s'affaiblit. Il resta figé, presque interloqué, il lui fallut dégager son bras du sien. « Ce doit être un bon hôtel, on me l'a recommandé », balbutia-t-il, sous le coup d'une gêne nerveuse.

D'effroi, elle fit un pas en arrière, le sang afflua sur son visage blême. Ses lèvres bougeaient, elles voulaient dire quelque chose – peut-être la même chose qu'il y a dix ans en arrière : « Pas maintenant ! Pas ici ! »

C'est alors qu'elle vit son regard pointé sur elle, anxieux, troublé, nerveux. Alors elle baissa la tête, sans un mot, en signe d'acquiescement, et elle le suivit à petits pas découragés sur le seuil.

Il y avait, à la réception de l'hôtel, coiffé d'une

casquette de couleur et superbe comme un capitaine de navire en poste à sa vigie, un concierge qui se tenait avec assurance derrière la banque qui marquait une distance avec les voyageurs. Il ne fit pas mine d'aller vers les hôtes hésitants ; il eut seulement un regard fugace et méprisant, rompu aux jugements à l'emporte-pièce, sur la petite valise de toilette. Il attendait – il fallait aller jusqu'à lui ; tout à coup, il sembla très absorbé dans les pages grandes ouvertes du gigantesque livre des entrées et sorties. Ce n'est que lorsque le nouveau venu se tint tout près de lui que le concierge leva sur ce dernier un regard froid et qu'il le jaugea sévèrement en connaisseur. « Ces messieurs dames ont-ils réservé ? » avant de répondre à la négation des clients contrits en tournant une autre page. « Je crains que tout soit occupé. C'était aujourd'hui la bénédiction des drapeaux, mais… poursuivit-il avec clémence, je vais voir ce que je peux faire. »

Pouvoir lui en flanquer une, à cet adjudant galonné, pensa-t-il, soumis, exaspéré – de nouveau mendiant, à faire l'aumône, de nouveau un intrus depuis une décennie. Mais entre-temps, avec ses grands airs, le concierge avait fini son examen minutieux. « La numéro 27 vient de se libérer, une chambre avec un lit double, si ça vous intéresse. » Que faire d'autre sinon grommeler un « bien » sourd et sec ? D'ailleurs, il prit avec inquiétude la clé qu'on lui tendait, impatient déjà d'avoir des murs silencieux entre lui et cet homme. Mais dans leur dos, la voix sévère les interpela : « Inscription, s'il vous plaît » et on lui mit sous les yeux une feuille rectangulaire, divisée en dix ou douze rubriques qu'il fallait remplir : état, nom, âge, origine, ville et pays, questions oppressantes de l'administration aux êtres humains. Ces formalités désagréables, il les expédia à la hâte : ce n'est qu'en devant inscrire son nom à elle, que le léger crayon trembla maladroitement dans sa main – il la fit passer pour sa femme (ce qui jadis avait été son désir le plus secret). « Et ici, la durée du séjour », réclama le concierge inflexible, examinant ce qui déjà avait été renseigné et pointant de son doigt charnu la case laissée vacante. « Une journée », écrivit-il en colère : agacé, il sentait la sueur perler sur son front, il lui fallut retirer son chapeau tant l'oppressait cet air étranger.

« Premier étage, gauche », expliqua un garçon poli et zélé qui accourut vers eux, au moment où, épuisé, il se tournait. Mais c'est elle seulement qu'il cherchait : pendant toute la procédure, elle était restée sans bouger, désespérément absorbée par une affiche qui vantait un concert de Schubert interprété par une chanteuse inconnue ; cependant, tandis qu'elle restait immobile, un frisson tremblotant parcourait ses épaules comme le vent sur une prairie. Il remarqua, honteux, l'énervement qu'elle dominait avec violence : pourquoi l'ai-je arrachée à sa tranquillité, traînée jusqu'ici ? pensa-t-il contre son gré. Mais, maintenant, on ne pouvait plus reculer. « Viens », lui intima-t-il doucement. Elle se libéra de l'affiche étrangère, détournant le visage, et monta les escaliers, lentement, péniblement, le pas lourd : comme une vieille femme pensa-t-il machinalement.

Il ne l'avait pensé qu'une seconde, lorsque, la main sur la barrière, elle peinait à gravir les quelques marches, puis il avait aussitôt chassé cette pensée hideuse. Mais une chose froide, désagréable resta à la place de cette sensation repoussée violemment. Enfin, ils étaient arrivés en haut, dans le couloir : ces deux minutes sans un mot semblèrent une éternité. Une porte était ouverte, c'était leur chambre : la femme de chambre s'y affairait encore avec un chiffon à poussière et un balai. « Un instant, j'ai fini tout de suite, s'excusa-t-elle, la chambre vient d'être libérée, mais ces messieurs dames peuvent rentrer, il faut encore que j'apporte des draps propres. »

Ils entrèrent. L'air épais et musqué stagnait dans la chambre fermée, ça sentait le savon à l'olive et le tabac froid ; il y avait encore la trace désincarnée d'étrangers.

Insolent et peut-être encore chaud des hôtes précédents, trônait au milieu de la pièce le lit double en désordre, destination manifeste et finalité des lieux ; cette évidence l'écœurait ; il fila à la fenêtre pour l'ouvrir brusquement ; un air humide et lourd, entremêlé du bruit vaporeux de la rue pénétra le long des rideaux qui se balancèrent mollement. Il resta devant la fenêtre ouverte à regarder dans un état de tension les toits déjà baignés par l'obscurité : comme cette chambre était répugnante, comme d'être ici était honteux, comme ces retrouvailles désirées depuis des années étaient décevantes, ni lui ni elle ne les avaient souhaitées si crûment impudiques ! Trois, quatre, cinq respirations – il les compta – pendant lesquelles il regardait à l'extérieur, trop lâche pour dire le premier mot ; puis, non, ça n'allait pas, il se fit violence pour se retourner. Et, tout comme il l'avait pressenti, comme il l'avait redouté, elle se tenait pétrifiée dans son cache-poussière gris, les bras ballants, comme désarticulés, au centre de la chambre comme un objet qui n'aurait rien à faire ici et qui n'aurait atterri ici, dans cette pièce repoussante, que par les facéties d'un violent hasard, par méprise. Elle avait ôté ses gants, manifestement pour les poser, mais ç'avait dû la dégoûter de les laisser à quelque endroit que ce fût : alors ils pendouillaient, fourreaux vides, à ses mains. Ses yeux s'étaient figés, comme derrière un voile : lorsqu'il se retourna, ils se répandirent en larmes. Il comprit. « Est-ce que… » Sa voix trébucha, il avait retenu trop longtemps sa

137

respiration. « Est-ce que nous n'irions pas nous prome-
ner encore un peu ?… Il fait si lourd, ici.

— Oui… oui. » Le mot jaillit d'elle comme s'il était
soudain libéré – angoisse soulagée. Et déjà elle saisissait
la poignée de la porte. La suivant doucement, il vit : ses
épaules tressaillaient comme celles d'une bête qui vient
de se dérober à des griffes mortelles.

La rue les attendait, chaude et envahie de gens, son
courant était encore frissonnant du sillage du défilé
tempétueux – ils bifurquèrent alors vers des ruelles plus
paisibles, vers le chemin boisé qui les avait conduits au
château, voilà dix ans, lors d'une excursion dominicale.
« Souviens-t'en, c'était un dimanche », dit-il plus fort
qu'il n'aurait voulu ; manifestement tourmentée par le
même souvenir, elle répondit doucement : « Je n'ai rien
oublié de ce que j'ai vécu avec toi. Otto était avec son
camarade de classe, ils couraient si vite et si fougueux
devant nous – un peu plus, et nous les perdions dans les
bois. Je l'ai appelé, je l'ai appelé pour qu'il revienne,
je l'ai pourtant fait à contrecœur, tant je voulais rester
seule avec toi. Mais, à cette époque, nous étions encore
des étrangers l'un pour l'autre.

— Comme aujourd'hui », essaya-t-il de plaisanter.
Mais elle ne pipa mot. Je n'aurais pas dû dire ça, sentit-il
confusément : pourquoi suis-je obligé de toujours comparer hier et aujourd'hui ? Mais pourquoi aucun de mes
mots ne l'atteint aujourd'hui ? Toujours, cet autrefois s'y
immisce, ce temps passé.

Ils gravirent les hauteurs en silence. Déjà les lumières
faiblardes des maisons en contrebas s'atténuaient, de la
vallée crépusculaire, le fleuve toujours plus clair dessinait des courbes, tandis qu'ici les arbres frémissaient
et les enveloppaient de leur obscurité. Ils ne croisaient

personne, seules leurs ombres muettes les précédaient. Et dès qu'un bec de gaz éclairait leurs silhouettes de biais, leurs ombres s'enchevêtraient, comme pour s'étreindre, elles s'étiraient, se désiraient, un corps dans un corps, une silhouette, puis elles se séparaient de nouveau, pour se retrouver ensuite, tandis qu'eux-mêmes marchaient blafards et étrangers. Il regardait ce jeu singulier, comme un exilé, la fuite, l'embrassade, et la rupture de ces silhouettes sans âme, des corps d'ombre, qui n'étaient pourtant rien d'autre que le reflet des leurs ; pris d'une curiosité maladive, il regardait ces figures sans corps qui s'éloignaient et s'emmêlaient, et il en oublia presque la personne à ses côtés, de chair et d'os, au profit de son image noire, fuyante et mouvante. Il ne pensait à rien de précis et sentait confusément pourtant que ce jeu farouche cherchait à le mettre en garde contre quelque chose qui gisait au plus profond de lui, comme une source qui sourdait anxieusement à l'approche menaçante et inquiétante de l'écope des souvenirs. Mais qu'était-ce ? Il arquait tous ses sens ; contre quoi le mettait en garde cette danse des ombres dans ce bois qui s'endormait ? Ce devait être des mots, une situation, une chose qu'il avait vécue, entendue, ressentie, comme enrobée d'une mélodie, quelque chose d'enseveli très profondément, qu'il n'avait pas touché pendant des années et des années.

Et d'un coup, ça creva, crevasse lumineuse dans l'obscurité de l'oubli : des mots, voilà ce que c'était, un poème qu'un soir elle lui avait lu dans sa chambre. Un poème, oui, en français, il en connaissait les vers et, comme poussés par un vent chaud, ils remontèrent d'un coup jusqu'à ses lèvres ; il entendit, à dix ans d'intervalle, sa voix à elle prononcer ces vers oubliés d'un poème étranger :

Dans le vieux parc solitaire et glacé
Deux spectres cherchent le passé[1]
[— Te souvient-il de notre extase ancienne ?
— Pourquoi voulez-vous qu'il m'en souvienne ?
— Ton cœur bat-il toujours à mon seul nom ?
Toujours vois-tu mon âme en rêve ? – Non.][2]

Et à peine ces vers étaient-ils apparus dans sa mémoire
que toute une image se forma, à une vitesse fascinante :
la lampe incandescente d'une lumière dorée dans le salon
obscur où elle avait fait lecture, un soir, de ce poème de
Verlaine. Il la revit, obscurcie par l'ombre de la lampe, il
la revit assise comme jadis, proche et lointaine à la fois,
aimée et inaccessible, il sentit son propre cœur d'alors
qui battait à l'excitation d'entendre sa voix vibrer au gré
de la houle claire des vers, de l'entendre dire – même si
ce n'était que dans le poème – les mots « extase[3] » et
« cœur[4] » dans une langue étrangère certes, et destinée à
des étrangers, et pourtant si enivrants dans cette bouche,
dans sa bouche. Comment avait-il pu les oublier, pendant des années, ce poème, cette soirée où, seuls dans
la maison, et troublés par cette solitude, ils avaient fui

1. En français dans le texte. Zweig a commis une erreur en citant
ce poème de Verlaine. La version juste est : « Dans le vieux parc solitaire et glacé / Deux spectres ont évoqué le passé », « Colloque sentimental », in : *Les Fêtes galantes*. Toutes les notes sont du traducteur.
2. Le texte entre crochets est un ajout du traducteur. En effet,
Zweig semble avoir commis une erreur. Si bien que les mots qu'il
cite plus loin « *Sehnsucht* » et « *Liebe* » ne figurent nullement dans
le poème, y compris dans sa version allemande. Le traducteur a donc
arbitrairement rajouté une partie du poème pour remplacer les mots
qu'il en cite.
3. Zweig cite « *Sehnsucht* » dans le texte allemand, qui signifie
« nostalgie ».
4. Zweig cite « *Liebe* » dans le texte allemand, qui signifie
« amour ».

la conversation périlleuse pour trouver refuge dans les sphères plus agréables des livres, où, derrière les mots et la mélodie, avait parfois étincelé l'aveu plus franc de leurs sentiments intimes, comme une lueur dans un buisson, brillante, insaisissable et éthérée mais qui, pourtant, les avait rendus heureux. Comment avait-il pu l'oublier si longtemps ? Mais comment donc ce poème oublié était-il ressurgi si soudainement ? Sans même y prêter attention, il traduisit ces quelques vers en allemand. Et il les comprit sitôt après se les être dits à lui-même ; la clé reposait dans sa main, lourde et resplendissante, l'association d'idées jaillies des couches endormies de son souvenir, brusquement si voluptueuse, si claire, si nette : cette association d'idées, c'était les ombres sur le chemin, ces ombres avaient frappé les mots qu'elle avait prononcés, les avaient réveillés, oui, mais plus encore. Et, pris de frissons, effrayé, il sentit soudain le sens de cette épiphanie ; ces paroles au sens prémonitoire : n'était-ce pas eux-mêmes, ces ombres, qui cherchaient leur passé, qui adressaient des questions confuses à un naguère qui n'existait plus réellement, ces ombres, qui voulaient devenir vivantes et qui n'en étaient plus capables, ni elle ni lui n'étaient plus les mêmes, et ils se cherchaient pourtant en de vains efforts, se fuyaient et se retenaient avec un acharnement sans chair ni force, comme ces fantômes noirs sous leurs pieds ?

Inconsciemment, il dut lâcher un gémissement puisqu'elle se retourna : « Qu'as-tu, Ludwig ? À quoi penses-tu ? »

Mais il éluda : « Rien ! Rien ! » Puis il s'abîma plus profondément encore en lui-même, dans le passé, afin d'entendre si cette voix prémonitoire de son souvenir ne voulait pas lui parler et, une fois encore, lui révéler le présent, grâce au passé.

Imprimé en France par

BRODARD & TAUPIN

à La Flèche (Sarthe)
en mars 2014

POCKET – 12, avenue d'Italie – 75627 Paris Cedéx 13

N° d'impression : 3004694
Dépôt légal : avril 2014
S24289/01